H.P.T.M.
VERGELTUNG

AF160377

_H.P.T.M._
VERGELTUNG

Ralph Schaper

Herstellung und Verlag:

BoD – Books on Demand, Norderstedt

ISBN 978-3-7431-9617-9

KAPITEL

WAS BISHER GESCHAH (Seite 3-5)

VERGELTUNG (Seite 7-13)

DER PAKT (Seite 14-21)

DAS WIEDERSEHEN (Seite 22-38)

HELLS KITCHEN (Seite 39-46)

VERTRAUEN (Seite 47-61)

SPURENSUCHE (Seite 62-92)

TATSACHEN (Seite 93-103)

OBSERVATION *(Seite 104-132)*

WUNDEN *(Seite 133-160)*

FLUCHT NACH VORN *(Seite 161-189)*

GEBALLTE STÄRKE *(Seite 190-209)*

DER AUSTAUSCH *(Seite 210-229)*

DIE ÜBERGABE *(Seite 230-242)*

NIEDERLAGE *(Seite 243-277)*

DIE LETZTE CHANCE *(Seite 278-293)*

DAS GESPRÄCH *(Seite 294-301)*

WAS BISHER GESCHAH

Hannah, Pete, Tom und Miller – vier junge Menschen, die sich bis vor kurzem noch nicht kannten – wurden von einem mysteriösen Mann im Hintergrund namens Mister J, auf geschickte Art und Weise zu einem Team zusammengeführt. In Fällen, bei denen der Polizei die Hände gebunden sind, greifen die Vier mit ihrer unbekümmerten Art ein.

Nach anfänglichen Zweifeln, ob das alles so funktioniert, haben alle JA gesagt. Sie wollen etwas bewegen. Gemeinsam. Mit einer ausgeklügelten Strategie haben sie einem sehr gefährlichen Stalker, der viele Frauen belästigt und sogar in den Tod getrieben hat, das Handwerk gelegt.

Jeder einzelne hat dabei bestimmte Aufgaben gemäß seinen Talenten übernommen.

Miller, der Körpersprachespezialist und Pokerspieler, hat Mister X gekonnt an der Nase herumgeführt und ihm schließlich den Großteil seines Geldes abgenommen.

Pete, das Computergenie, hat ihn und das ganze Team mit seinen technischen Fähigkeiten unterstützt. Gleichzeitig hat er gezeigt, dass er in der Lage ist, dieses Team von Individualisten zu führen.

Tom, der ehemalige Autodieb, hat die entscheidenden Beweise in der Wohnung des Stalkers entdeckt, so dass die Staatsanwaltschaft leichtes Spiel hatte.

Ganz nebenbei musste er noch seinen „alten Arbeitgeber" loswerden. Er hat sich und seine Freundin Kim, mit einem gefährlichen Beutezug „freigekauft" und wurde auch hierbei von dem ganzen Team unterstützt.

Hannah, die hochintelligente und kampferprobte Blondine, hat durch ihren persönlichen Einsatz zum einen Kim, Toms Freundin, vor den Gangstern gerettet und zum anderen die Rolle des Lockvogels als Stalking Opfer übernommen.

Beinahe wäre die ganze Aktion mit Mister X schiefgegangen. Sie hat es allerdings auf ihre Art gelöst. Mit großer Klappe, schlauem Köpfchen und schlagkräftigen Argumenten.

Unterm Strich ist dieser erste Fall der Vier erfolgreich verlaufen.

Den ominösen Mann im Hintergrund, Mister J, hat bisher noch keiner zu Gesicht bekommen. Niemand weiß, wer er ist. Er hat versprochen, sich zu gegebener Zeit zu erkennen zu geben. Wichtiger war es, dass diese vier jungen Menschen sich gegenseitig besser kennengelernt haben.

Sie haben die Stärken und Schwächen eines jeden Einzelnen bewusst erlebt und wissen jetzt damit umzugehen. Natürlich gibt es hier und da Reibereien. Aber Mister J hatte schon seine Gründe, warum er genau diese vier jungen Menschen für sein Vorhaben ausgesucht hat.

Der erste Fall war für alle sehr spannend, aufregend und eine echte Herausforderung. Teilweise sind sie an ihre Grenzen gekommen. Teilweise sind sie aber auch über sich hinausgewachsen. Auf jeden Fall sind sie in der Kürze der Zeit zu einem gut funktionieren Team geworden. Ein Team, welches nur einen Gedanken hat. Und zwar die Welt ein bisschen besser zu machen.

Der nächste Fall wartet schon...

VERGELTUNG

New York im Juni. Es ist 11:30 Uhr.

Eine junge Frau steigt aus ihrem Auto. Sie geht zum Kofferraum, holt eine große Reisetasche und einen Trolley heraus. Sie bleibt einen kurzen Moment stehen, schaut auf das vor ihr liegende Haus. Sie blickt etwas fragend auf ihr Gepäck. In dem Moment springt die Eingangstür auf und ein junger Mann hüpft freudestrahlend durch die Tür. Es ist Tom.

„Warte Kim, ich helfe Dir dabei." Er grinst bis über beide Ohren.

Kim dagegen, wirkt eher etwas zurückhaltend.

„Ich schaffe das schon."

Tom entreißt ihr die Taschen und bringt sie in das Haus. Kim zögert an der Türschwelle einen kurzen Augenblick, folgt ihm dann aber hinein.

Sie sind anscheinend wieder zusammen. Sie wollen es noch einmal versuchen. Okay, so richtig getrennt waren sie ja eh nicht. Aber räumlich, um etwas Abstand zu gewinnen, das war es schon. Kim wollte es so.

Was ist passiert? Warum ist Kim zu ihm zurückgekommen?

Tom hatte ihr erzählt, dass sein alter Arbeitgeber ihn gehen lassen hat. Kim weiß, was Tom gemacht hat. Das war einer der Gründe für diese zeitweilige Trennung.

Er hat ihr gesagt, dass er jetzt für ein Sicherheitsunternehmen, als Berater, tätig ist. Entsprechende Papiere hatte Pete ihm erstellt. Tom kann Kim leider nicht die Wahrheit über den Zusammenschluss der Vier sagen. Zumindest noch nicht.

Im Moment ist er aber einfach nur glücklich. Kim ist wieder da. Alles andere ist jetzt erst mal zweitrangig.

Zur selben Zeit in Manhattan.

Miller ist gerade aufgewacht. War wohl wieder eine lange Nacht an den Pokertischen der Stadt. Er wollte eigentlich dieses Jahr nach Las Vegas, zur Pokerweltmeisterschaft, fahren. Aber aufgrund der neuen Situation, dieses neuen Teams, hätte er kein gutes Gefühl gehabt. Schließlich kann jederzeit eine Nachricht von Mister J kommen. Und wenn es einen neuen Fall gibt, will er auf jeden Fall dabei sein.

Er schleppt sich zum Kühlschrank, nimmt sich eine Flasche Orangensaft und leert sie fast auf ex. Ist anscheinend nicht nur beim Spiel geblieben. Er hat einen ziemlich dicken Kopf.

Als sich auf einmal die Bettdecke bewegt und eine brünette Schönheit anfängt sich zu räkeln.

„Hey, bekomme ich auch einen Schluck?"

Spricht sie mit verschlafener Stimme und entsprechendem Blick. Miller guckt etwas überrascht und stottert:

„Ja klar. Was willst Du haben? Ich habe ... äh ... Saft oder Saft."

Er grinst, rauft sich die Haare und zuckt mit den Schultern.

„Na dann nehme ich wohl Saft."

Miller nimmt eine zweite Flasche aus dem Kühlschrank, will gerade ein Glas holen, als die unbekannte Schöne sagt:

„Mach Dir mal keine Umstände, die Flasche reicht."

Sie sitzt aufrecht im Bett, bekleidet mit Millers T-Shirt, während sie die Hand ausstreckt. Miller grinst, bringt ihr den Saft und denkt sich nur: *Verdammt nochmal, was ist gestern denn passiert? Wer ist die Kleine? Und hoffentlich fragt sie mich nicht, ob ich ihren Namen weiß, denn ich habe keinen Schimmer!*

Nachdem sie einen kräftigen Schluck genommen hat, steht sie auf, sucht ihre Klamotten zusammen, gibt Miller einen Kuss und sagt:

„War schön mit Dir. Man sieht sich."

Miller ist sprachlos. Er schaut ihr hinterher, während sie winkend die Wohnung verlässt und denkt sich nur: *Na ja, hätte mich auch schlimmer treffen können.*

Einige hundert Meter entfernt joggen drei junge Frauen durch den Central-Park. Sie sind flott unterwegs, überholen andere Läufer, drehen sich um und kichern.

„Wieder so ein Banker, der dringend was für seine Fitness tun sollte." Ruft die Brünette den beiden Blondinen zu.

Die hören zwar nichts, weil sie ihre Kopfhörer aufhaben, grinsen aber trotzdem. Sie können sich denken, was ihre Freundin gerade gesagt hat.

Eine der Blondinen ist Hannah. Sie strahlt, ist fröhlich und fit wie eh und je. Sie hatte endlich wieder Zeit, sich mit ihren Freundinnen zu treffen. Mädelsabende. Shoppen gehen. Sport machen. Alles das was junge Frauen in diesem Alter gerne machen.

Auf einmal zieht Hannah das Tempo an. Sie dreht sich um und grinst die beiden an. Diese schauen sich verwundert an und sprinten hinterher. Sie versuchen es zumindest. Sie können Hannah jedoch nicht einholen. Sie ist einfach die Fitteste von ihnen.

Die beiden biegen um die nächste Ecke, aber Hannah ist weg. Weit und breit nichts von ihr zu sehen. Aber eigentlich müssten sie sie sehen. Vor ihnen ist eine freie Fläche. Aber Hannah ist wie vom Erdboden verschluckt.

Die beiden Mädels bleiben stehen, nehmen ihre Kopfhörer ab und schauen sich verwundert an.

„Wo zum Teufel ist Hannah so schnell hin?"

„Keine Ahnung. Eben war sie doch noch vor uns."

Sie sind ratlos. Andere Jogger laufen an ihnen vorbei. Als Hannah plötzlich neben den beiden aus dem Gebüsch springt und sie fast zu Tode erschreckt.

„Na, habt Ihr mich schon vermisst?" Grinst Hannah die beiden Erstarrten an.

„Mensch Hannah, das kannst Du echt nicht machen. Ich hatte fast einen Herzinfarkt."

Hannah nimmt die beiden in den Arm. *„Kommt. Ab zum Auto. Ihr dürft mich zu Hause absetzen."*

Sie grinst erneut, während ihre Freundinnen die Augen verdrehen.

Unterdessen in einem Café nahe der Universität. Pete sitzt dort mit einem Kumpel. Er hat keine Vorlesungen. Beide sind vertieft in ihre Laptops.

Zwei junge Mädchen gehen an den beiden vorbei, kichern und drehen sich im Vorbeigehen immer wieder um. Pete und sein Kumpel bekommen davon nichts mit. Sie sind mal wieder in ihrer eigenen Welt. Tief versunken in die endlosen Weiten des Internet.

Plötzlich summt Petes Handy. Eine SMS. Er schaut drauf, öffnet die Nachricht und ist überrascht und erfreut zugleich.

Die Nachricht ist von Mister J.

LOFT. MORGEN. 17:00 UHR. DRINGEND!

Sein Kumpel haut Pete an.

„Ist das die Nachricht von John?"

Pete macht sein Handy schnell aus.

„Nein. Ist privat."

Er kann niemandem etwas sagen über seinen „Nebenjob".

Die Vier hatten es so vereinbart, beziehungsweise Mister J hatte es so verlangt. Alle haben sich daran gehalten.

„Hast wohl ne heimliche Verehrerin?"

„Sag' schon, wer ist sie? Die kleine dunkelhaarige aus unserem Kurs? Die steht nämlich auf Dich."

„Was? Wer? Nein. Und warum sollte die auf mich stehen? Wir kennen uns doch gar nicht."

Petes Kumpel schüttelt mit dem Kopf. *Was für ein Nerd*, denkt er sich nur.

Pete schaut sich im Café um. Ist Mister J etwa hier? Und was ist so dringend? Hoffentlich ein neuer Fall. Aber haben die anderen die Nachricht auch erhalten? Oder war sie nur für ihn bestimmt?

Er versucht sich wieder auf seinen Laptop zu konzentrieren, aber das geht jetzt irgendwie nicht mehr. Er ist hin und her gerissen. Zwischen vielen Fragen, die ihm durch den Kopf gehen und Freude auf der anderen Seite. Freude über einen neuen Fall. Und Freude, die anderen Drei endlich mal wiederzusehen.

DER PAKT

Am nächsten Tag macht Pete sich auf den Weg zum Loft. Er hat von den anderen nichts gehört. Hat aber selber auch keinen Kontakt aufgenommen. Er weiß ja nicht, was Mister J will. Bevor er die anderen informiert, will er erst mal erfahren, was denn so dringend ist.

Pete steht vor dem Loft. Er schaut nach oben, sieht nach links und nach rechts. Seine Uhr zeigt 16:50 an. Er hat ein mulmiges Gefühl. Aber warum? Beim ersten „Auftrag" ist doch letztendlich alles gut gelaufen. Der Stalker ist hinter Gittern. Die Vier haben sich prima ergänzt und sind in der Kürze der Zeit ein klasse Team geworden.

Aber irgendetwas beschäftigt Pete.

Plötzlich geht die Eingangstür auf. Eine ältere Dame mit Hund verlässt das Haus. Pete erschreckt sich. Er zuckt zusammen.

„Junger Mann, zu wem wollen Sie?" Fragt die ältere Dame mit etwas heiserer Stimme.

Der Hund schnüffelt an Pete während die Dame auf eine Antwort wartet.

„*Ich bin hier verabredet. Vielen Dank.*" Pete stammelt vor sich hin und versucht dem kleinen Vierbeiner zu entkommen.

Die Tür fällt hinter ihm ins Schloss. Geschafft. Die alte Dame schüttelt nur den Kopf, ruft ihrem Hund irgendetwas zu und verschwindet.

Pete fährt mit dem Fahrstuhl ins Loft. Er ist gespannt, ob die anderen auch da sind. Er geht hinein, schaut sich um – keiner zu sehen.

„*Hallo. Jemand da?*" Er geht suchend durch die Räume. Er ist allein. Er schaut auf seine Uhr. Kurz vor fünf. Er ist pünktlich. Er sieht auf sein Handy. Keine Nachricht der anderen oder von Mister J.

Exakt um 17:00 Uhr schaltet sich der riesige Monitor an der Wand ein. Die Stimme von Mister J erscheint.

„*Guten Tag, Pete. Schön, dass Sie meinem Aufruf gefolgt sind.*"

„*Ja klar. Ich dachte, es geht um einen neuen Fall.*"

„*Das ist auch vollkommen richtig. Doch bevor wir die anderen mit ins Boot nehmen, müssen wir noch einige Dinge besprechen.*"

„*Okay...*" Pete schaut etwas verwundert. Aber er hatte Recht. Sein Gefühl hatte ihm gesagt, dass es erst mal nur ihn betrifft.

"Da ich ja Ihre Fähigkeiten, die technischen als auch die menschlichen, bei unserem letzten Einsatz erleben durfte, habe ich eine ganz konkrete Bitte an Sie."

"Bevor wir die anderen einweihen, die nämlich alle um 18:00 Uhr hier eintreffen werden, möchte ich Sie um einen persönlichen Gefallen bitten."

Pete ist gespannt. Was will Mister J von ihm?

"Na klar. Was kann ich für Sie machen?"

Auf den Monitoren erscheinen Bilder junger Mädchen. Alle sehr jung und sehr hübsch. Viele von ihnen sind wahrscheinlich noch nicht einmal volljährig.

Kurz darauf folgen Bilder von Erwachsenen Männern, welche die jungen Mädchen in Empfang nehmen. Aufgrund der markanten Gesichtszüge könnten es Personen aus Osteuropa sein. Die Mädchen machen einen verängstigten und eingeschüchterten Eindruck.

"Ist es das, was ich denke, dass es ist?"

Während die Bilder weiterlaufen, antwortet Mister J.

"Wenn Sie denken, dass es hier um Menschenhandel geht, dann liegen Sie richtig. Leider."

Zum Schluss erscheint ein großes Foto eines jungen Mädchens. Es füllt die ganzen Monitore aus.

Ein hübsches, brünettes Mädchen. Vielleicht gerade mal 16 Jahre alt. Mit leiser Stimme spricht Mister J zu Pete.

„Das ist Nicki. Sie ist 15 Jahre alt. Sie kommt aus Boston und wird von ihren Eltern vermisst."

„Sie denken, dass sie auch an diese Menschenhändler geraten ist?"

„Es ist durchaus möglich. Sie wird seit 3 Wochen vermisst. Sie war mit Freundinnen auf einer Geburtstagsparty und ist von dort nicht mehr zurückgekehrt."

Pete merkt an der Stimme von Mister J, dass ihn das Ganze sehr bedrückt.

„Was ist mit der Polizei? Hat die denn nichts unternommen?"

„Ach Pete. Sie wissen doch, wie unsere Polizei arbeitet. Die haben hunderte solcher Fälle auf dem Schreibtisch. Die gehen alle an die Vermisstenabteilung und bis da dann mal etwas passiert..."

„Ja, ich verstehe. Aber warum sagen und zeigen Sie mir das Ganze vorab? Warum werden die anderen nicht direkt auch involviert?"

„Das ist eine berechtigte Frage Pete. Laut meinen eigenen Ermittlungen ist die Gefahr sehr groß, dass Nicki in die Hände dieser Gangster geraten ist."

„Diese Mistkerle befinden sich zurzeit in New York. Entweder sammeln die hier weitere Mädchen ein oder die werden sie hier los."

„Das bringt mich aber immer noch nicht weiter. Warum diese Infos nur für mich?"

Es herrscht Stille.

„Weil Nicki meine Nichte ist."

Pete schaut überrascht. Damit hätte er jetzt nicht gerechnet.

„Sie ist die Tochter meines Bruders. Zudem bin ich auch noch ihr Patenonkel."

„Sie können sich also vorstellen, wie es mir dabei geht und welche Gefühle das in mir auslöst."

Pete rauft sich die Haare.

„Ich kann es mir nur ansatzweise vorstellen. Das wünscht man keinem."

„Und genau aus diesem Grund brauche ich Ihre Hilfe auf der einen Seite und Ihre Verschwiegenheit auf der anderen Seite."

Es ist absolute Ruhe im Loft. Man könnte eine Stecknadel fallen hören.

„Verstehe. Wenn ich Ihnen helfen soll, Nicki zu finden, dann müssen Sie mir die entsprechenden Informationen geben, die mir verraten, wer Sie sind!"

„Sie haben es erkannt, Pete."

Pete ist hin und her gerissen zwischen Wut über diese Gangster, Freude über das Vertrauen und großem Interesse, zu erfahren wer hinter dieser Stimme steckt? Wer Mister J im tatsächlichen Leben ist?

Auf der anderen Seite muss er dafür Hannah, Tom und Miller belügen, beziehungsweise sein eigenes Ding machen. Das gefällt ihm gar nicht.

„Wenn Sie Bedenken haben, dann kann ich das gut verstehen. Jedoch sind Sie der Einzige, der mir eventuell helfen kann, Nickis Spur zu verfolgen und sich dann in die Kommunikation dieser Typen zu hacken."

Pete geht vor den Monitoren nervös auf und ab. Was soll er machen? Soll er Mister J helfen und das Geheimnis für sich bewahren? Kann er das überhaupt? Wenn Pete weiß, wer hinter Mister J steckt, dann wird sich alles ändern.

Wie wird er sich entscheiden?

Nach einer gefühlten Ewigkeit wendet sich Pete an Mister J.

„Ich werde Ihnen natürlich helfen. Aber eine Bitte habe ich auch an Sie."

„Die wäre?"

„Dass Sie Ihr Wort halten und den anderen, beziehungsweise uns allen, sagen wer Sie sind!"

„Sie haben mein Wort. Wie ich es Hannah auch schon versprochen habe, werden Sie alle zu gegebener Zeit erfahren, wer ich bin."

Petes Mine verändert sich zum Positiven.

„Okay, Mister J. Wir haben nicht mehr viel Zeit, bis die anderen hier auftauchen. Geben Sie mir alles an Informationen was Sie haben."

Pete reibt sich die Hände und geht zum Computer.

„In der Küche, in einem geheimen Fach hinter der rechten Tür, liegt ein USB-Stick. Da sind alle Informationen drauf, die Sie benötigen."

Pete beeilt sich. Jeden Moment können die anderen durch die Tür kommen. Er findet den Stick, steckt ihn in sein Laptop und öffnet die Daten. Er staunt. Das sind eine Menge Informationen. Die muss er erst mal in Ruhe durchgehen.

„Mister J, dafür brauche ich eine Weile. So viele Daten und Hintergrundinformationen..."

„Die Zeit werden Sie bekommen. Wir werden gleich, wenn alle da sind, besprechen, wie wir vorgehen werden. Sobald jeder seine Aufgabe hat, können Sie in Ruhe diese Daten studieren und sich an die Arbeit machen. Einverstanden?"

Pete nickt. *„Ja, ist in Ordnung."*

Er ist schon völlig in Gedanken. Er kann sich sehr schnell auf neue Situationen einstellen. Am liebsten würde er sofort anfangen. Doch ein flüchtiger Blick auf die Uhr zeigt, es ist 17:35. Er wird gleich wieder vereint sein mit den anderen. Er muss sich in eine neutrale Stimmung versetzen, damit den anderen nichts auffällt.

DAS WIEDERSEHEN

Die alte Frau steht mit ihrem Hund auf der Straße vor der großen Eingangstür. Sie will gerade die Tür öffnen, da ruft eine Frauenstimme:

„Halt, nehmen Sie mich bitte mit rein."

Die alte Frau dreht sich erschrocken um, schaut etwas verwundert und hält die Tür auf. Der Hund hechelt und zerrt an der Leine. Sie hat Schwierigkeiten ihn zu halten.

„Ich wollte Sie nicht erschrecken. Tut mir leid."

„Kein Problem mein Kind. Wohnen Sie hier? Ich habe Sie hier noch nie gesehen."

Hannah zögert kurz.

„Nein. Aber ein Freund von mir wohnt hier. Vielen Dank."

Die schwere Tür fällt hinter den beiden ins Schloss.

„Na ja, ich sehe ja auch nicht mehr so gut. Dann kommen Sie mal rein."

Beide stehen vor dem Aufzug. Der kleine Vierbeiner schnuppert an Hannahs Hose.

„Keine Angst, der tut nichts."

Hannah bückt sich und streichelt den Hund. Dem scheint das zu gefallen.

Die beiden fahren gemeinsam nach oben. Die alte Dame steigt auf der 5. Etage aus. Sie dreht sich um, als wenn sie immer noch überlegt, ob sie Hannah schon einmal gesehen hat. Hannah lächelt ihr zu und fährt weiter zum Loft. Sie öffnet die Wohnungstür und wird überschwänglich von Pete empfangen.

„Mensch Hannah, schön Dich zu sehen. Gut siehst Du aus. Lange nicht mehr gesehen."

Er umarmt Hannah, während der Begrüßung. Sie ist ganz überrascht und überwältigt. Mit solch einer intensiven Begrüßung hätte sie nicht gerechnet. Vor allen Dingen nicht von Pete. Von Miller vielleicht. Aber nicht von Pete.

„Ich freue mich ja auch, Dich zu sehen. Aber Du kannst mich jetzt wieder loslassen."

„Oh, ja klar. Komm' doch erst mal rein."

Pete ist anders als sonst. Beim letzten Treffen war er der ruhige, etwas unterkühlte, besonnene Typ.

Er muss aufpassen, dass Hannah keinen Verdacht schöpft. Und wie wird das erst mit Miller?

Der merkt doch bestimmt sofort, dass Pete etwas verheimlicht. Er ist sichtlich nervös.

Apropos Miller. Die Tür geht auf und Miller kommt rein. Leicht verschlafen, mit langsamem Gang.

„Hallo Ihr Freaks. Alles im Lack?"

„Selber Hallo. Schön Dich zu sehen."

Pete geht ihm entgegen, während er das sagt und reicht ihm die Hand zur Begrüßung.

Miller schaut ihn an. Er liest förmlich in seinem Gesicht.

„Was ist denn mit Dir los? Die Nächte wieder am Laptop verbracht und zu viel Red Bull gesoffen? Du bist ja völlig aufgekratzt."

„Ich habe mich auch schon gewundert. Liegt bestimmt an dem neuen Fall, den wir bekommen."

„Und Dir auch ein Hallo."

Hannah begrüßt ihn aus der Ferne. Keine Umarmung, kein Händeschütteln.

„Ich brauche erst mal einen Kaffee."

Pete grinst, geht in die Küche und sagt:

„Habe ich alles schon vorbereitet. Habe mir schon gedacht, dass Du eine harte Nacht hattest."

„Eine?"

„Wahrscheinlich hatte Miller einen harten Monat, so wie der aussieht."

Hannah schüttelt den Kopf, während sie sich ein Wasser aus dem Kühlschrank nimmt.

Es vergehen ein paar Minuten. Miller nippt an seinem Kaffee. Hannah geht mit dem Wasser in der Hand durch das Loft. Pete versucht sich etwas zu beruhigen, indem er auf seinen Computer starrt. Bis Hannah auf einmal das Schweigen bricht.

„Weiß eigentlich einer von Euch, warum wir heute hier sind? Und wo ist überhaupt Tom?"

Miller schaut Pete fragend an. Der zuckt mit den Schultern.

„Ich weiß nur, dass wir heute um 18:00 Uhr hier sein sollten. Mehr weiß ich auch nicht. Und Tom wird schon noch kommen. Er hat ja noch vier Minuten."

Alle schauen fast zeitgleich auf die Uhr und zur Wohnungstür. Keiner sagt etwas. Alle schauen gespannt zur Tür. Wird Tom pünktlich sein?

Wird er überhaupt kommen? Von den Dreien hat keiner zu ihm Kontakt gehabt. Sie wussten, dass er mit seiner Freundin noch so einiges zu besprechen hatte.

Wenn er Bedarf gehabt hätte, hätte er sich schon bei den anderen gemeldet.

Um Punkt 18:00 Uhr ertönt die Stimme von Mister J.

„Wenn Sie auf Tom warten, lieber Freunde, dann können Sie lange warten. Er hat heute wichtiges mit seiner Freundin zu klären. Er wird morgen zu uns stoßen."

Hannah, Pete und Miller sind überrascht. Eigentlich sind sie doch ein Team. Jeder für jeden. Alle unterstützen sich gegenseitig.

„Sie brauchen sich keine Gedanken zu machen. Bei den beiden ist alles in bester Ordnung. Wir wollen die traute Zweisamkeit nur nicht an ihrem ersten gemeinsamen Tag wieder auseinanderreißen."

„Umso schöner, dass Sie alle wieder erschienen sind. Hannah, es ist wie immer eine Freude Sie zu sehen."

Hannah nickt verlegen und muss sich bremsen, wieder nach oben an die Decke zu schauen.

„Mister Miller, es freut mich, dass Sie einen einigermaßen fitten und wachen Eindruck machen."

Miller schaut in den Spiegel und verdreht die Augen.

„Pete, es ist mir eine Freude, Sie wieder an unserer Seite zu wissen."

Pete nickt und lächelt etwas verlegen.

Hannah ergreift als erste das Wort.

"Es ist auch schön Sie zu sehen, Mister J. ---Ach nein, warten Sie, wir können Sie ja gar nicht sehen. Noch nicht. Sie wollen sich aber bestimmt bald zeigen, oder?"

Mister J lacht.

"Ja, ja Hannah. So kennen wir Sie. Immer einen kessen Spruch auf den Lippen. Aber immer mit der Ruhe. Erst mal gibt es wichtigeres zu besprechen."

Miller schüttet sich noch einen Kaffee ein, als wenn ihn das alles gar nichts anginge.

Pete setzt sich etwas aufrechter hin, als hätte der Lehrer in der Uni um Haltung gebeten.

Hannah steht ganz lässig im Raum. Die Arme vor dem Oberkörper verschränkt. Als wenn Sie das alles gar nicht kümmern würde und sagt:

"Dann legen Sie mal los, Mister J. Wir werden auch nicht jünger."

"Hannah, Sie sind aber gut drauf heute. Das freut mich. Sie haben Recht. Legen wir los. Vorab hoffe ich, dass Sie alle die Erfahrungen unseres ersten Falles gut verarbeitet haben."

„Worum geht es in der nächsten, recht heiklen Situation?"

„Pete, sind Sie so nett und starten die Mail. Alles bitte auf den großen Bildschirm."

Pete macht sich kommentarlos ans Werk. Auf den großen Bildschirmen an der Wand erscheinen dieselben Bilder, die Pete vorhin schon gesehen hat. Er muss natürlich jetzt so tun, als würde er sie zum erstem Mal sehen.

Na hoffentlich fällt den anderen beiden nichts auf. Denn der geborene Schauspieler ist Pete auf gar keinen Fall.

Hannah und Miller sind aber viel zu sehr mit den erschreckenden Bildern beschäftigt, als dass sie noch Zeit hätten, sich Pete genauer anzuschauen.

Miller ist auf einmal hellwach.

„Was passiert mit diesen jungen Frauen?" Fragt er mit bedrückter Stimme.

„Diese jungen, teilweise sehr jungen Frauen, werden verkauft. Sie werden wie eine Ware dem meistbietenden angeboten. Sie sind jung. Sehr jung. Teilweise noch keine 16 Jahre alt. Sie stammen zum großen Teil aus dem Osten."

"Einige dieser Mädchen werden aber auch aus unseren Regionen entführt und dann wie ein Stück Vieh weiterverkauft."

"Ich muss das leider so hart sagen, denn es ist die Realität. Täglich verschwinden auf der ganzen Welt eine Unzahl von jungen Mädchen."

Hannah ist sichtlich entsetzt. Bei dem letzten Fall ging es um einen durchgeknallten Stalker, der ebenfalls Frauen das Leben zur Hölle gemacht hat. Aber jetzt, diese jungen, unschuldigen Mädchen, die ihren Eltern entrissen wurden, das ist besonders grausam.

Miller fragt mit forscher Stimme:

"Was können wir tun? Lassen Sie uns diesen Schweinen das Handwerk legen."

"Deshalb sind Sie ja heute hier, Mister Miller. Aber immer langsam. Wir müssen in diesem Fall sehr behutsam und vorsichtig agieren."

"Der letzte Fall hat gezeigt, dass wir uns emotional nicht zu sehr leiten lassen dürfen. Das kann sonst sehr gefährlich werden."

"Denn diese Menschenhändler sind ein ganz anderes Kaliber als Mister X vom letzten Mal. Der übrigens, so wie ich gehört habe, von seinen Mitinsassen jetzt auch gestalkt wird."

"Und zwar auf eine ganz besondere Art und Weise."

Man hört an Mister J's Stimme, dass ihm das richtig Freude macht, darüber zu berichten.

"Aber zurück zu unserem aktuellen Fall. Diese Typen, die Sie dort sehen, das sind äußerst gefährliche Kriminelle. Mit denen ist nicht zu spaßen."

Miller unterbricht Mister J.

"Sagen Sie es doch ganz offen. Das sind Killer, die gehen über Leichen."

Kurze Zeit ist Stille im Loft.

"Sie haben Recht. Diese Typen gehen über Leichen. Und zwar mit ihren Feinden, aber auch mit den Mädchen, wenn die nicht das machen, was die wollen."

"Sage ich doch. Sie müssen uns nicht wie rohe Eier behandeln. Wir wissen schon, auf was wir uns da einlassen. Also immer raus mit der ungeschönten Wahrheit."

Hannah guckt Miller überrascht an. So viel Ehrgeiz und Engagement ist sie von ihm nicht gewohnt.

Warum reagiert Miller so? Hat er vielleicht schon mit solch zwielichtigen Gestalten am Pokertisch gesessen? Dort trifft er ja die unterschiedlichsten Typen.

Gerade, wenn er mal wieder in einem dieser Hinterzimmer sitzt und versucht, anderen Leuten, das Geld aus der Tasche zu ziehen.

„Du brauchst mich gar nicht so verwundert anzuschauen, Hannah. Ich kenne leider solche Typen. Okay, kennen ist vielleicht zu viel gesagt. Aber ich habe von dem ein oder anderen gehört, der in solche Aktivitäten verwickelt sein soll."

„Na prima. Das sind ja tolle Gestalten, mit denen Du da verkehrst."

„Das bleibt nun mal nicht aus. Das heißt aber nicht, dass ich mit irgendeinem dieser Gangster befreundet bin."

„Das wäre ja auch noch schöner."

Hannah ist sauer. Sie hasst solche Menschen. Nur zu recht. Miller versucht sie zu beschwichtigen.

„Hannah, ich bin auf Deiner Seite. Komm mal wieder runter."

Mister J ergreift das Wort.

„Liebe Freunde, bitte greifen Sie sich nicht gegenseitig an. Unsere Feinde, beziehungsweise unsere Ziele, sind diese Typen dort auf den Bildschirmen."

„Aber Mister Miller, ich denke, dass uns Ihre Kontakte, seien sie noch so flüchtig, dabei helfen können, etwas näher an diese Menschenhändler heranzukommen."

Miller guckt Hannah immer noch böse an. Immer wieder greift sie ihn an. Dabei hat er doch gar nichts gemacht. Er will doch helfen.

„Wie stellen Sie sich das konkret vor, Mister J?"

„Das sage ich Ihnen gern. Bei unserem letzten Fall haben Sie doch einen neuen „Freund" gewonnen."

Hannah schaut zu Pete, der wiederum zu Miller. Sie ahnen schon, auf wen Mister J anspielt. Hannah ist entsetzt.

„Nein. Das kann doch wohl nicht Ihr Ernst sein. Sie wollen, dass Miller mit Don Pedro Kontakt aufnimmt? Einem der größten Verbrecher unserer Stadt. Das kann doch nur in die Hose gehen."

Miller denkt nach. Er hatte schon damit gerechnet, dass Don Pedro mal nützlich sein könnte. Immerhin hat er ihn bei dem letzten Treffen davor gewarnt, dass die Polizei im Anmarsch war, so dass er unbehelligt entkommen konnte.

Aber ist das der richtige Weg? Kontakt zu einer der Größen der New Yorker Unterwelt aufzunehmen?

Nur um an diese miesen Gangster heranzukommen?

„Pete, sag Du doch auch mal was dazu."

Hannah ist immer noch entsetzt über Mister J's Vorschlag.

Pete guckt verzweifelt zu Hannah und dann zu Miller.

„Wenn Miller meint, dass Don Pedro behilflich sein kann, dann sollten wir es vielleicht versuchen."

Hannah ist sauer.

„Haben wir denn keine anderen Möglichkeiten, um an diese Menschenhändler heranzukommen?"

„Du, mit Deinen technischen Fähigkeiten, hast doch bestimmt Mittel und Wege, denen irgendwie auf die Schliche zu kommen."

„Wenn das so einfach wäre, Hannah."

Es ist ähnlich, wie bei dem ersten Fall. Jeder hat seine Meinung. Jeder hat andere Gedanken, Zweifel oder auch Ängste. Und das ist auch gut so. Würde sie zu schnell „Ja und Amen" zu allem sagen, wäre die Gefahr zu versagen sehr groß.

Und hier kann Versagen auch bedeuten, dass man in lebensgefährliche Situationen hineingerät. Und das will nun wirklich keiner. Das letzte Mal hat allen gereicht.

Vor allem Hannah. Auch wenn sie heil aus dieser ganzen Sache herausgekommen ist, es hätte auch alles ganz anders ausgehen können.

Anscheinend war die Frage oder die Hoffnung von Mister J, dass alle gut mit den Erfahrungen des ersten Falles umgegangen sind, berechtigt.

Womöglich sind sie doch noch nicht so weit, diesen nächsten Fall anzunehmen. Vor allem, wenn man sich bewusst macht, um welche Arten von Menschen es dabei geht. Wobei, Menschen kann man diese Typen doch gar nicht nennen. Das sind doch Bestien. Abartige Leute, die andere Menschen wie eine Ware behandeln und wahrscheinlich auch mit anderen Mitteln gefügig machen.

Umso wichtiger, dass denen das Handwerk gelegt wird. Aber sind die Vier dazu wirklich in der Lage? Diese jungen, unbekümmerten Menschen. Will Mister J sie wirklich dieser Gefahr aussetzen?

Bei dem ersten Fall, dem gefährlichem Stalker, war alles neu und vieles ging schief. Am Ende ist alles gut gegangen und der Verbrecher sitzt seine gerechte Strafe ab. Aber jetzt geht es um Menschenhändler. Um kriminelle, die vor nichts zurückschrecken. Auch nicht vor Mord.

Sollen Hannah, Pete, Tom und Miller da hineingezogen werden? Sind sie überhaupt in der Lage, diesen Fall durchzustehen? Körperlich und auch psychisch? Okay, einigermaßen fit sind sie alle. Mehr oder weniger. Wahrscheinlich würde den Jungs eine Fitnesseinheit von Hannah auch mal ganz guttun. Aber das dürfte nicht das Problem werden.

Sind die Vier vom Kopf her in der Lage, mit solchen Gangstern, mit den Opfern und den sich daraus entwickelnden Situationen, umzugehen?

Im Moment sitzen die Drei dort und sind Feuer und Flamme. Sie alle haben das Helfersyndrom. Sie wollen etwas bewegen, etwas verändern. Aber haben sie auch einen Schritt weitergedacht? An die Konsequenzen? An die Gefahren? An die Veränderungen, die in ihnen stattfinden könnten?

Wohl kaum. Zumindest nicht in der Kürze der Zeit. Aktuell wollen sie nur helfen, diese jungen Mädchen aus den Händen der Gangster zu befreien.

Mister J meldet sich erneut zu Wort:

„Ich freue mich, dass Sie so voller Tatendrang sind. Dass Sie diesen Verbrechern das Handwerk legen wollen. Und ja, wir müssen jede Hilfe oder jede Möglichkeit in Betracht ziehen. Da gehört dann wohl auch Don Pedro zu."

„Aber das Wichtigste an unserem Vorhaben muss sein, dass für Sie alle die Sicherheit im Vordergrund steht. Deshalb, wenn Sie den Fall übernehmen, darf es keine Alleingänge oder spontanen Kurzschlussreaktionen geben. Jeder muss zu jeder Zeit vollste Konzentration und Professionalität an den Tag legen."

„Dazu gehört auch, dass wir uns noch mehr vertrauen. Dass wir noch mehr auf die Stärken unseres Partners eingehen. Nur dann können wir diesen Typen das Handwerk legen."

Die Ansprache hat gewirkt. Hannah ist nachdenklich geworden. Auch Miller hat seinen anfänglichen Enthusiasmus zurückgefahren. Und Pete ist sowieso gedanklich schon bei allen möglichen Eventualitäten.

Alle sind ruhig. Sie denken nach. Keiner schaut den anderen an. Bis Miller sich an die Gruppe wendet.

„Leute, ich muss leider sagen, dass ich bestimmt schon mal mit solchen Typen am Tisch gesessen habe. Natürlich ohne das zu wissen. Aber wie gesagt, dort treiben sich die verschiedensten, zwielichtigen Gestalten rum. Und aus diesem Grund bin ich bereit, mit Don Pedro Kontakt aufzunehmen. Es wird sicherlich nicht leicht, an ihn ranzukommen. Aber er schuldet mir noch was. Und jetzt ist es an der Zeit, das einzufordern."

"Ich kann das aber nur mit Euch zusammen machen. Ich brauche Euch alle, auch Tom, dazu. Nur gemeinsam können wir das schaffen."

Er schaut abwechselnd zu Pete und zu Hannah, während er das sagt. Und man sieht ihm an, er meint es ernst. Er ist sich der prekären Lage bewusst. Gangster mit Hilfe eines anderen Verbrechers auszuschalten, das kann auch in die Hose gehen. Aber es ist die einzige Möglichkeit, um an diese Typen heranzukommen.

Hannah blickt zu Pete. Dieser schaut auf seinen Computer, tippt irgendetwas ein und sagt:

"Also, ich habe in den nächsten Tagen nichts Besseres vor. Von mir aus legen wir los. Hannah, was ist mit Dir, bist Du dabei?"

Hannah zuckt mit den Schultern. *"Ja klar. Welch eine Frage. Mir gehen die Bilder dieser jungen Mädchen eh nicht mehr aus dem Kopf."*

"Aber Mister J, was ist mit Tom? Sollte er nicht von Anfang an dabei sein?"

"Da machen Sie sich mal keine Sorgen, liebe Hannah. Ich werde Tom darüber in Kenntnis setzen, was wir heute besprochen haben und welche Wege wir schon eingeleitet haben."

Hannah blickt zu Miller und zu Pete. Alle nicken sich gegenseitig zu. Alle sind bereit. Bereit für den nächsten Fall...

HELL'S KITCHEN

Ein dunkler Lieferwagen biegt in eine Seitenstraße ab. Er fährt langsam. Nicht so langsam, dass er auffällig wirkt, aber so, als ob er etwas sucht. Oder jemanden sucht.

Es ist noch helllichter Tag, aber trotzdem ist es irgendwie seltsam dunkel zwischen den Häuserschluchten. Die Sonne schafft es nicht, die Straßen dieses Viertels in einem schönen Schein darzustellen.

Dieser Bezirk von New York, genauer gesagt von Manhattan, war früher sehr in Verruf. Einst tummelten sich hier die irischen und italienischen Einwandererfamilien, mit all ihren Clans und Verbrecherorganisationen. Heute ist es ein Viertel, dass immer noch von vielen Zugereisten und Studenten bevölkert wird. Die Kriminalität ist aber immer noch sehr hoch.

An diesem Tag im Juni ist bisher alles ruhig. Die Menschen schlendern über die Straßen. Vereinzelt taucht mal ein Streifenwagen auf. Es ist friedlich.

Der dunkle Van fährt um den nächsten Block. Es ist niemand hinterm Steuer zu sehen. Die Scheiben sind komplett getönt. Der Wagen hält an, fährt dann wieder weiter. So geht das eine ganze Weile.

Die Sonne geht langsam unter. Die sowieso schon dunklen Gassen werden schlagartig noch finsterer. Die Menschen, die sich dort aufhalten, scheint das nicht zu interessieren. Sie kennen sich hier aus.

Plötzlich spaziert eine Gruppe junger Mädchen um die Ecke. Vier Teenager. Alle so etwa 14 bis 16 Jahre alt. Sie lachen und kichern. Sie schauen auf ihre Handys, zeigen sich gegenseitig irgendwelche Nachrichten. Sie kümmern sich nicht um die anderen Menschen, denen sie begegnen. Sie sind in ihrer eigenen Welt.

Zwei der Mädchen verabschieden sich an der nächsten Ecke von den anderen beiden. Sie umarmen sich, rufen sich noch irgendetwas zu und gehen ihrer Wege.

Die anderen beiden gehen jetzt etwas flotter. Sie schauen auf die Uhr. Sie müssten schon längst zu Hause sein. Sie beeilen sich. Die, die sich verabschiedet haben, gehen immer noch ganz relaxt, beschäftigt mit ihren Handys, durch die immer dunkler werden Gassen.

Der schwarze Van taucht auf einmal an der nächsten Ecke auf. Am Ende des Blocks steht er. Genau dort, wo die Mädchen gleich langgehen werden.

Die Schiebetür des Vans geht auf.

Ein Mann, ganz in schwarz gekleidet, mit Basecap auf dem Kopf, schaut vorsichtig heraus. Er sieht die beiden Mädchen. Sie sind nicht mehr weit entfernt. Wenige Meter trennen die beiden Teenies von diesem Van. Der Mann steigt aus, der Motor des Vans läuft. Man hört dieses Grummeln aus weiter Ferne. Aber die Mädchen haben dafür gar keine Augen und Ohren. Sie sind viel zu sehr mit sich selbst beschäftigt, als dass sie sich mit ihrem näheren Umfeld beschäftigen würden.

Der Van fährt ihnen langsam entgegen. Der Mann geht ebenfalls auf die beiden zu. Es sind nur noch wenige Meter, die die zwei jungen Frauen von diesem Van trennen. Als auf einmal die Sirene eines Polizeiwagens aufheult.

Die Zwei zucken zusammen, drehen sich um und bleiben wir angewurzelt stehen. Der Van stoppt ebenfalls. Der Mann auf dem Fußweg dreht sich schnell weg und geht in die andere Richtung.

Die Polizei lässt nochmal die Sirenen kurz aufheulen, überholt einen anderen Pkw und stoppt diesen dann.

Die Mädchen haben sich von ihrem Schreck erholt und gehen weiter ihres Weges. Der Van ist weg. Der Mann auf der Straße auch. Glück gehabt.

Dieser reine Zufall hat wohl den Mädchen das Leben gerettet. Ohne, dass die beiden es gewusst haben. Aber sie waren in größter Gefahr.

Das Schicksal hat es gut mit ihnen gemeint. Jährlich verschwinden hunderte Kinder oder Jugendlicher. Diese beiden hätten dazuzählen können. Sie sind den Menschenhändlern noch einmal entkommen. Sie hatten Glück. Oder ist es nur eine Frage der Zeit, bis auch sie diesen Typen zum Opfer fallen?

Es ist mittlerweile später am Abend in New York. Die Lichter der Stadt gehen an. Die Straßen erscheinen teilweise heller, als am Tag. In Hell's Kitchen ist immer was los. Abends kommen sie aus ihren Wohnungen. Die Zugezogenen. Die Studenten. Die Kleinkriminellen. Die Alten und die Jungen. Die Opfer.

Auch der abgedunkelte Van ist wieder da. Er steht auf einem Parkplatz am Rande des Viertels, gegenüber eines Fastfood Ladens. Nebenan ein Club. Hier treffen sich die Szeneleute. Die Feierwütigen. Das Partyvolk. Hier tauchen auch die Mädchen von vorhin wieder auf. Aufgetakelt bis zum gehtnichtmehr. Sie wollen in den Club. Eigentlich ist der erst ab achtzehn. Aber sie versuchen es trotzdem. Sie haben sich so aufgebrezelt, dass sie locker für achtzehn durchgehen würden.

Aber kommen sie so einfach an dem Türsteher vorbei? Manche von ihnen kommen rein. Andere müssen ihren Ausweis zeigen und können dann wieder nach Hause gehen.

Die beiden Mädels von vorhin haben Glück. Der Türsteher mustert ihre Ausweise, schaut sich die zwei nochmal genauer an, wartet einen kurzen Moment, bevor er sie durchlässt. Sie grinsen sich an und hüpfen förmlich in den Club.

Hat sich also das ganze Aufbrezeln gelohnt.

Jedoch werden immer wieder junge Mädchen und auch junge Männer von dem Türsteher abgewiesen. Keine Chance für viele von ihnen.

Was sollen die jetzt tun? In einen anderen Club gehen? Nein, der ist zu weit weg. Die meisten kommen hier aus dem Viertel. Sie haben kein Auto oder kein Geld für ein Taxi. Also erst mal ab in den benachbarten Fastfood Laden. Dort treffen sich all die gestrandeten. Die aufgetakelten, aber doch abgewiesenen jungen Leute. Sie sind frustriert und verärgert. Warum kommen andere rein und wir nicht? Sie sind jedoch unter gleichgesinnten. Die Party findet also heute im Fastfood Laden statt.

Der Van steht immer noch an seinem Platz. Man kann nicht sehen, ob jemand drinsitzt.

Die abgedunkelten Scheiben lassen keinen Blick zu.

Es ist mittlerweile 1.00 Uhr nachts. Die meisten jugendlichen haben den Fastfood Laden verlassen. Einige wenige kommen gerade heraus und verabschieden sich. Drei junge Kerle machen sich auf den Heimweg. Vier junge Mädchen gehen in die andere Richtung.

Wird der Van ihnen folgen. Sucht sich da jemand seine neuen Opfer?

Nichts passiert. Der Van bleibt an Ort und Stelle stehen. Die jungen Leute verschwinden in der finsteren Nacht.

Die ersten Clubgäste verlassen denselben. Sie sind teilweise leicht angetrunken, grölen und singen auf dem Weg von dem Gelände.

Als auf einmal auch die beiden Mädchen von heute Mittag den Club verlassen. Sie sind glücklich. Sie hatten einen schönen Abend. Jetzt müssen sie nach Hause. Sie hatten eigentlich eh nur bis 24.00 Uhr Ausgang. Sie beeilen sich. Biegen um die nächste Ecke und gehen zügig Richtung Elternhaus. Sie tuscheln den ganzen Weg miteinander. Sie kichern und quieken, wie zwei aufgedrehte Teenager es nun mal so machen. Sie bekommen nichts mit, was um sie herum passiert.

Würden sie das nämlich tun, hätten Sie vielleicht mitbekommen, dass der dunkle Van ihnen seit dem Club folgt.

Er hält Abstand. Aber er ist da. Es ist wenig los auf den Straßen von Hell's Kitchen. Der Van kommt immer näher. Die Beiden kriegen davon nichts mit. Sie haben noch ein paar Blocks zu gehen, bis sie zu Hause sind.

Als der Van plötzlich angerauscht kommt, die seitliche Schiebetür aufgerissen wird und eines der Mädchen in diesen Van hineingezerrt wird. Das andere Mädchen stolpert, fällt zu Boden, so dass einer der Männer in dem Van sie nicht packen kann. Sie schreit, ruft um Hilfe. Sie ruft den Namen ihrer Freundin.

Doch es ist zu spät. Der Van rast davon. Mit lautem Motorengeräuschen verschwindet er in der Nacht.

Auf dem Bürgersteig sitzend, zitternd vor Angst und Kälte schreit das andere Mädchen immer noch nach Hilfe. Lichter in den Wohnungen gehen an. Menschen schauen vorsichtig durch die Fenster.

„Hilfe, meine Freundin wurde entführt. Ruft doch mal jemand die Polizei. Bittttttte. Ich brauche Hilfe."

Die Lichter in den Wohnungen gehen wieder aus. Es scheint so, als würde das die Anwohner gar nicht interessieren.

Keiner will sich einmischen. Alle haben Angst. Aber vor wem? Und vor was? Es ist schließlich gerade ein junges Mädchen vor deren Tür entführt worden.

VERTRAUEN

Am folgenden Tag treffen sich Hannah, Pete, Miller und auch Tom im Loft.

Tom hat den letzten Tag mit Kim verbracht. Sie haben sich viel zu erzählen gehabt. Sie hat einen großen Schritt auf ihn zugemacht. Der Einzug bei Tom, die Chance, die sie ihm und sich noch einmal gibt. Das ist für Tom das beste Gefühl, dass er seit langem hatte.

Okay, das Gefühl, seinem alten „Arbeitgeber" eins ausgewischt zu haben, und mit den anderen den Stalker hinter Gitter gebracht zu haben, war auch nicht so schlecht. Aber das mit Kim wollte er auf jeden Fall wieder reparieren. Bis hierhin hat er es geschafft.

Sie arbeitet weiter in der Anwaltskanzlei und er hat ihr gesagt, dass er als Berater bei einem Sicherheitsunternehmen arbeitet. So weit so gut. Aber auf lange Sicht gesehen, muss er irgendwann mal reinen Tisch machen. Das wird die nächste Herausforderung für die Beziehung der beiden.

Tom wird im Loft von den anderen auf den neuesten Stand der Dinge gebracht. Pete erklärt ihm die Details. Tom ist ebenso erschrocken, wie die anderen am Tag zuvor.

Nach einer ganzen Weile sitzen alle Vier auf der Couch. Sie sind immer noch geschockt von den Bildern. Auch wenn es für Hannah, Pete und Miller keine neuen Informationen sind, aber die Zeit war zu kurz, um das alles zu verarbeiten.

Genau aus diesem Grund hatte Mister J die Drei gestern Abend wieder nach Hause geschickt. Sie sollten erst mal alles auf sich wirken lassen und heute nochmal entscheiden, ob sie sich dieser Aufgabe gewappnet fühlen. Obwohl sie am gestrigen Abend alle zugestimmt hatten, wollte Mister J ganz bewusst etwas Zeit vergehen lassen.

Tom wendet sich an die anderen.

„Wie war denn Eure Reaktion gestern? Zu welchem Ergebnis seid Ihr denn gekommen?"

Hannah sagt mit bedrückter Stimme:

„Wir waren natürlich geschockt und verärgert zugleich. Wir haben alle spontan JA gesagt, haben uns aber auch gefragt, ob wir damit zurechtkommen?"

Pete bestätigt:

„Ja genau. Und Miller hat uns schon mal gewarnt. Er hat über solche Leute schon die schlimmsten Dinge gehört."

Miller nickt und stimmt zu:

„Wir haben gestern JA gesagt und ich sage heute auch JA. Aber eines muss uns klar sein. Das wird kein Spaziergang. Dagegen war unser Stalker ein Chorknabe."

Tom denkt nach. Er denkt an Kim. Er denkt an die möglichen Gefahren, an die Tage und Nächte, die sie alle aufbringen müssen, um diesen Gangstern das Handwerk zu legen. Wenn das überhaupt möglich ist. Eine Garantie gibt es nicht. Die gibt es für nichts im Leben. Außer dafür, dass alle mal ins Gras beißen müssen.

Hannah wendet sich an Tom:

„Und? Was denkst Du über die ganze Sache?"

Tom grübelt. Er rauft sich die Haare. Schaut nochmal zum Monitor mit den ganzen Bildern darauf.

„Also, wenn Ihr alle dabei seid, dann bin ich es natürlich auch. Aber auch ich bin mir bewusst, dass das ganz schön gefährlich werden kann. Ich hatte in der Vergangenheit von solchen Typen gehört. Die haben wahrscheinlich auch bei uns schon mal Autos bestellt. Aber gesehen habe ich von denen keinen. Ich weiß nur eins, die sind nicht zimperlich. Die gehen über Leichen."

„Dessen sind wir uns bewusst, Tom."

„Okay, aber die Frage ist, wie gehen wir das Ganze an? Wie kommen wir überhaupt an diese Leute heran?"

In diesem Moment schaltet sich Mister J in das Gespräch ein.

„Das sind ausgezeichnete Fragen, mein lieber Tom. Schön, dass Sie wieder bei uns sind."

Hannah erschreckt sich immer noch. Sie wollte gerade wieder zur Decke schauen, hat es aber noch verhindern können. Sonst hätte sie sich wieder die Kommentare der anderen anhören können.

„Schön ist es natürlich auch, dass Sie Hannah, Sie Pete und auch Sie Mister Miller, wieder zusammengekommen sind. Ich hätte aber auch nichts Anderes von Ihnen erwartet."

„Um auf Ihre Fragen zurückzukommen, ich habe mir da schon ein paar Gedanken gemacht."

„Pete, sind Sie so nett und rufen mal den Golfclub Forest Park Golfcourse in Woodhaven auf."

Pete holt seinen Laptop und öffnet die Seite des Clubs.

„Was soll ich damit machen, Mister J?"

„*Schauen Sie doch bitte mal in die Liste mit den gebuchten Startzeiten für den heutigen Tag.*"

„*Ja, einen Moment. Okay, habe ich vorliegen. Was oder wen suchen wir?*"

„*Schauen Sie bitte mal nach, wer um 15.00 Uhr dort eingetragen ist?*"

„*Hier sind ein Marcione und drei Gäste eingetragen.*"

„*Ganz genau. Und wer ist dieser Marcione?*"

„*Das ist Don Pedro.*" Ruft Miller in den Raum.

„*Vollkommen richtig, Mister Miller. Und da kommen auch direkt Sie ins Spiel. Sie werden heute Nachmittag mit Don Pedro eine Runde Golf spielen.*"

„*Also erstens Mal, woher wissen Sie überhaupt, dass ich Golfspielen kann? Ach was frage ich. Sie wissen ja so ziemlich alles. Aber genau da ist das Problem. Meine Eltern haben mich zwar schon als Kleinkind auf die Drivingrange gezerrt, aber ich habe bestimmt seit zwei Jahren keinen Schläger mehr in der Hand gehabt.*"

„*Keine Angst, Mister Miller. Das ist wie Fahrradfahren, das verlernt man so schnell nicht.*"

Miller schüttelt nur den Kopf.

„Pete, Sie beschaffen Mister Miller bitte einen Mitgliedsausweis für diesen Club."

Pete nickt und macht sich direkt an die Arbeit.

„Sie Hannah und Sie Tom machen sich bitte auf den Weg nach Hell's Kitchen. Dort ist nämlich gestern Nacht ein junges Mädchen entführt worden."

„Hören Sie sich bitte unauffällig in der Nachbarschaft um, ob irgendwer etwas gesehen hat."

„Ein Mädchen konnte sich den Fängen der Kidnapper entziehen. Möglicherweise können Sie irgendwie mit ihr Kontakt aufnehmen, um nähere Informationen zu bekommen."

Tom und Hannah schauen sich an und sind froh, dass sie zusammen an den Fall gehen. Sie verstehen sich gut. Alle verstehen sich gut. Aber seitdem Hannah Toms Freundin vor den Gangstern gerettet hat, haben die beiden eine besondere Verbindung.

„Für den Fall der Fälle bekommen Sie gleich von Pete noch zwei Ausweise, die Sie als FBI-Ermittler kennzeichnen."

Pete schaut erschrocken hoch.

„Ja Moment mal. Miller einen Mitgliedsausweis für den Golfclub zu beschaffen, das ist ja kein Problem."

„Aber Ausweise des FBI zu fälschen, ist eine andere Hausnummer. Die haben bestimmte Kennzeichnungen, Wasserzeichen usw. Mal ganz abgesehen davon, dass das eine Straftat ist, brauche ich dafür besondere Materialien, die ich hier nicht habe."

Miller ruft Pete aus der Küche zu:

„Ach, und das Fälschen einer Mitgliedschaft ist keine Straftat oder was? Jetzt stell Dich mal nicht so an, Du kriegst das schon hin."

Mister J versucht Pete zu beruhigen.

„Ich verstehe Ihre Bedenken ja, Pete. Jedoch sind diese Ausweise nur für den Notfall gedacht und müssen keiner behördlichen Überprüfung standhalten."

„Die nötigen Blankodokument finden Sie in der Schublade in der Kommode."

Pete zieht die Augenbrauen hoch, reibt sich die Hände durchs Gesicht, ist mal wieder überrascht, an was Mister J so alles denkt und was er für Möglichkeiten hat und macht sich an die Arbeit.

„Apropos. Sie, Mister Miller können im Ankleidezimmer eine Auswahl von Golfkleidung anprobieren, damit Sie standesgemäß dort erscheinen."

„Na prima. Jetzt muss ich mich auch noch verkleiden."

Er geht kopfschüttelnd in das Zimmer.

Hannah und Tom warten darauf, dass Pete Ihnen die Ausweise druckt, als Miller nach einer kurzen Weile aus dem Ankleidezimmer zurückkommt.

„Hey Miller, so sieht also ein Golfer aus. Schick schick." Hannah verdreht die Augen und lacht.

„So kannst Du aber nicht am Pokertisch erscheinen, sonst schmeißen die Dich direkt wieder raus."

Tom wird langsam auch immer lockerer. Kim scheint ihm gutzutun. Während er das sagt, klatscht er sich mit Hannah ab. High Five.

Miller dreht sich einmal um die eigene Achse, als wäre er auf einer Modenschau. Er sieht gut aus. Okay, etwas ungewohnt in seiner hellen Chino, dem Polohemd und dem karierten Pullunder. Aber so laufen Golfer nun mal rum. Nicht alle, aber einige.

„Jetzt brauche ich nur noch einen Schlägersatz und Tasche und was man sonst noch so braucht."

„Da haben Sie Recht. Wenn Sie in die Tiefgarage fahren, nehmen Sie den Bentley, da ist alles drin."

Miller und Tom werden gleichzeitig sehr hellhörig.

„Den Bentley?"

„Von dem Auto wussten alle noch gar nichts. Oder ist der etwa neu?"

Tom, der sich mit Autos zu Genüge auskennt und beruflich schon so ziemlich jedes Modell der Oberklasse gefahren hat, ist enttäuscht.

„Mister J, das kann doch nicht Ihr Ernst sein. Miller kriegt solch einen Wagen, nur weil er zum Golfen fährt? Und wir? Wir müssen wieder mit dem BMW durch die Gegend fahren? Können wird denn nicht wenigstens den Aston Martin nehmen?"

„Da muss ich Sie enttäuschen, mein lieber Tom. Sie werden keines der beiden Fahrzeuge nehmen. Da Sie ja als FBI-Ermittler unterwegs sind, werden Sie auch dementsprechend motorisiert."

Pete schaut von seinem Laptop hoch, blickt zu Miller und beide lachen. Sie wissen, welche Autos das FBI fährt. Ganz klassisch Ford.

„Das ist jetzt nicht ihr Ernst!?"

„Das ist noch nicht alles. Sie dürfen sich auch noch die passende Kleidung anziehen. Sie hängt ebenfalls im Ankleidezimmer."

Millers Lachen schallt laut durch das Loft.

„Korrekt. Jetzt sehen wir die beiden endlich mal vernünftig angezogen. Schön im dunklen Anzug. Ganz klassisch. So wie sich das gehört."

Hannah sagt gar nichts zu der ganzen Sache. Sie geht kommentarlos in das Ankleidezimmer. Tom will ihr folgen, als sich Hannah umdreht und fragt:

„Wo willst Du denn hin?"

Tom ist überrascht: *„Na die neuen Klamotten anziehen."*

„Aber mit Sicherheit nicht, wenn ich mich da drin umziehe. Du kannst mal schön draußen warten, bis ich fertig bin."

Sagt es und knallt die Tür hinter sich zu.

Tom steht da im Flur wie bestellt und nicht abgeholt.

„So sieht es aus, Tom. Die Frauen haben das Sagen. Das kennst Du doch von zuhause, oder?"

Miller hat gut reden in seiner „Golfuniform".

Nachdem sich alle gegenseitig aufgezogen haben, machen sie sich auf den Weg. Miller, Tom und Hannah fahren zusammen in die Tiefgarage.

Pete bleibt im Loft. Er koordiniert wie immer alles von dort aus. Und er hat ja noch eine Spezialaufgabe von Mister J.

In der Garage angekommen, schauen die Drei sich um. Wo sind die angesprochenen Autos? Miller betätigt die Fernbedienung des Bentleys. Ein paar Meter weiter leuchten die Blinker auf. Da steht er. In seiner ganzen Pracht. Was für ein Wagen. Majestätisch. Einfach toll.

Genau das steht Miller ins Gesicht geschrieben. Tom guckt hingegen etwas bedröppelt. Er würde so gern auch mit dem Bentley durch die Gegend fahren. Aber auch er betätigt die Fernbedienung seines Autos.

Genau gegenüber gehen ebenfalls die Lichter an und die Türen öffnen sich. Da steht er. Der Klassiker schlechthin. Ein anthrazitfarbener Ford. Nichts Besonderes eben. Aber sie sollen ja nicht auffallen.

Hannah schüttelt nur den Kopf.

„Ihr solltet Euch mal sehen. Wie die kleinen Kinder. Ist doch scheiß egal, was für ein Auto wir fahren. Es geht um die Sache. Nicht um diese dämlichen Autos."

„Also dann kriegt Euch mal wieder ein. Wir müssen uns auf unseren Fall konzentrieren."

Miller schaut zu Tom. *„Frauen. Die haben einfach keine Ahnung von Autos. Stimmt's Tom?"*

Tom grinst nur, sagt aber lieber nichts dazu.

Schließlich muss er mit Hannah noch die nächsten Stunden verbringen. Da muss man sich nicht noch mit ihr anlegen. Das überlässt er dann doch lieber Miller. Der hat eh schon immer einen kleinen Kampf mit Hannah. Die beiden sind wie Pech und Schwefel. Wie Feuer und Wasser.

Unterdessen macht sich Pete im Loft an die Arbeit. Er holt den USB-Stick aus seiner Tasche. Die ganzen Informationen, die weit über das hinausgehen, was die anderen erhalten haben, geben Pete einen noch tieferen Einblick in Machenschaften dieser Verbrecher.

Sie eröffnen Pete allerdings auch ganz andere Möglichkeiten, seine technischen Fähigkeiten noch gezielter einzusetzen. Er kann deren Spur im Netz aufnehmen. Und natürlich wird Pete als erster erfahren, wer dieser geheimnisvolle Mister J in Wirklichkeit ist.

Er ist schon ganz aufgeregt, wer sich hinter dieser Stimme verbirgt? Wer ist dieser Mann, der alle zusammengeführt hat? Der so viele Hintergrundinformationen über die Vier hat. Er hat aber genauso viele Informationen über die Gangster und Verbrecher dieser Stadt hat. Wer ist dieser Mister J?

Pete sortiert erstmal die ganzen Daten.

Verschiedene Fenster öffnen sich auf seinem Rechner. Er scannt die Sachen förmlich mit seinem Blick. Er hat eine extrem schnelle Auffassungsgabe. Fast schon ein fotographisches Gedächtnis.

Es sind weitere Bilder von den Menschenhändlern zu sehen. An verschiedensten Orten auf der ganzen Welt. Es sind leider auch weitere Fotos junger, weinender Mädchen zu sehen. Es läuft ihm immer wieder heiß und kalt den Rücken runter, wenn er das alles sieht.

Pete erhält aber auch sehr viele technische Informationen. Wieviel Geld fließt da hin und her? Wo haben diese Typen ihre Konten und wie sind diese getarnt? Natürlich laufen die alle unter Decknamen verschiedener, angeblich seriöser Unternehmen. Aber Pete erkennt ganz genau, was sich in Wirklichkeit dahinter verbirgt.

Dieses Netz, dass sich diese Typen aufgebaut haben, ist sehr komplex. Es dauert auch für Pete eine Weile, dieses zu entflechten. Er fragt sich immer wieder, wie wohl Mister J an diese ganzen Informationen gekommen ist? Da muss ja eigentlich ein Insider sein, der diese Sachen weitergibt. Hat Mister J also dort jemanden eingeschleust? Gibt es einen V-Mann?

Es wäre eine logische Erklärung.

Auf der anderen Seite, was ist heutzutage noch logisch? Dass er jetzt gerade in diesem Loft sitzt und die anderen Drei auf Verbrecherjagd sind, ist auch nicht gerade logisch. Vor ein paar Monaten war das noch unvorstellbar. Da hat er noch zuhause vor dem Computer gesessen und sich in die Datenbank der Uni gehackt.

Apropos. Was wollte Pete dort eigentlich? Er hat auf jeden Fall nicht versucht seine Noten zu verbessern. Das hat er überhaupt nicht nötig. Also, was hat er gesucht? Oder wen hat er gesucht?

Pete bekommt langsam einen Überblick über die ganze Organisation. Wo und wie sie ihre „Ware" erhalten und weitergeben. Es gibt immer gleiche Abläufe. Die jungen Frauen werden an bestimmten Tagen im Hafen von New York angeliefert. Wie eine Ware werden sie in Containern aus der ganzen Welt dort abgeladen. Eine bestimmte Crew nimmt sie in Empfang und trennt sie noch vor Ort nach Jung und Alt. Nach Blond und Brünett. Nach Groß und Klein.

Es ist wie auf einem Viehmarkt. So erschreckend sich das auch anhört, so wahr ist es leider.

Wo zum Teufel hat Mister J diese ganzen Bilder her? Alle versehen mit einem Orts- und Zeitstempel? Und warum geht er damit nicht zur Polizei?

Mehr Beweise braucht man doch gar nicht. Viele Fragen, die Pete umtreiben. Und wenig Antworten, die er momentan erhält. Also ran an die Arbeit. Daten sammeln, entschlüsseln, sortieren. Ein Bild muss sich daraus ergeben. Ein Bild, dass ihm zeigt, wo der Unterschlupf dieser Typen ist? Und vor allem, wo Mister J's Nichte ist. Denn um die geht es ja hauptsächlich. Natürlich geht es auch um alle anderen entführten Mädchen. Aber Mister J hat Pete ja speziell darum gebeten, seine Nichte Nicki zu finden.

Also, wer ist Nicki und wie ist sie denen zum Opfer gefallen? Wo wurde sie entführt und wo befindet sie sich jetzt? Das hat erst mal Vorrang. Alles andere wird sich daraus entwickeln.

Pete hat noch viel Arbeit vor sich.

SPURENSUCHE

Hannah und Tom sind in Hell's Kitchen angekommen. Dieses Viertel ist etwas Besonderes. Die ganze Stimmung und Atmosphäre, wenn man in das Zentrum kommt, zum Teil einschüchternd, zum anderen aber auch faszinierend.

Die Beiden fahren durch die Straßen. Sie suchen den Ort, an dem das Verbrechen passiert ist.

„Hier müsste es doch eigentlich gewesen sein." Flüstert Hannah ganz leise, während Tom mit langsamer Geschwindigkeit durch die schmalen Straßen fährt.

„Wenn die Informationen richtig sind, dann war es genau hier. Dahinten ist der Club und hier vorn muss es passiert sein."

Hannah schaut auf ihre Informationen. Sie hat alles Wesentliche auf dem Handy. Pete hat allen die Fakten übermittelt.

„Halt doch da vorn an. Wir werden mal versuchen mit ein paar Leuten zu reden."

Tom folgt ihren Anweisungen. Er stellt den Wagen an der nächsten Ecke ab. Sie steigen aus und sehen sich um.

„Alles ganz normal hier. Als wäre nichts gewesen."

Pete wirkt verwundert.

„Müsste denn hier nicht irgendetwas abgesperrt sein? Ein Tatort zu sehen sein? Oder zumindest die Polizei oder die Spurensicherung vor Ort sein?"

„Da hast Du Recht Pete. Das hatte ich auch vermutet."

Während Hannah das sagt, setzt sie sich ihre Sonnenbrille auf. Die Sonne scheint genau die Straße entlang. Tom macht es genauso. Die beiden sehen tatsächlich aus, als wären sie vom FBI.

Das Problem an der ganzen Sache ist nur, das sehen die Einwohner dieses Viertels auch. Die riechen Polizei oder sonstige Behörden zehn Meilen gegen den Wind. Also wer wird dann mit den beiden überhaupt reden?

Derweil trifft Miller am Golfplatz ein. Er fährt mit seinem Bentley langsam die Einfahrt hoch. Auf dem Parkplatz stehen die unterschiedlichsten Fahrzeuge. Mercedes, Jaguar, Porsche, usw. Also ist er hier richtig. Zumindest mit seinem Bentley. Er fällt nicht auf. Gut, er hat noch keinen Ball geschlagen, das könnte schwierig werden.

Aber da muss er jetzt durch. Anders bekommt er den Kontakt zu Don Pedro nicht hin. Er kann ihn ja schlecht anrufen und sagen: *„Hey, Don Pedro, ich habe da ein Problem, wann kann ich vorbeikommen?"*

Der würde ihn wahrscheinlich auslachen oder das Gespräch gar nicht erst annehmen.

Kann sich Don Pedro überhaupt an Miller erinnern? Das ist die nächste Frage. Na klar, es ist noch nicht allzu lange her, dass er ihn bei der Pokerpartie vor den Cops gewarnt hat. Aber was heißt das in diesen Kreisen schon?

Miller schnappt sich seine Golfausrüstung, geht in das Clubhaus und verschafft sich erst mal einen Überblick. Er kann ebenfalls innerhalb kürzester Zeit Menschen oder Gegenden für sich abspeichern. Nicht nur die Körpersprache kann er besonders gut lesen und deuten, auch die räumlichen Gegebenheiten speichert er sofort ab.

Wo ist der nächste Ausgang? Wo ist die Anmeldung? Wie viele Leute stehen wo? Wer macht gerade was? Welche Besonderheiten gibt es?

Ein Talent, welches ihm schon oft in brenzligen Situationen geholfen hat. Hoffentlich auch heute.

Pete hatte ihm für diesen Fall schon mal einen Plan des Clubhauses und der Golfanlage aufs Handy geschickt. Es soll ja keiner merken, dass er zum ersten Mal dort ist. Schließlich hat Miller eine Mitgliedschaft. Auch wenn ihn da noch niemand je gesehen hat.

Er geht also geradewegs zur Anmeldung, legt seine Karte vor und lässt seine Abschlagszeit bestätigen. Die freundliche Dame macht keinerlei Anstalten, ihn näher zu betrachten oder ihm irgendwelche Fragen zu stellen. Er bedankt sich freundlich und dreht sich um, als er fast mit dem Clubmanager zusammenstößt.

„Oh, verzeihen Sie bitte. Das war wohl ein bisschen zu schwungvoll."

Der Clubmanager lächelt ihn an. *„Ist ja kein Problem, ist ja nichts passiert."*

Als Miller gerade weitergehen will, ruft ihm der Manager hinterher.

„Entschuldigung. Wir sind uns bisher noch nicht vorgestellt worden. Mein Name ist Anderson. Ich bin hier der Clubmanager. Und Sie sind...?"

Miller dreht sich um, lächelt freundlich. Er betrachtet ihn ganz genau. Wie wirkt er auf ihn? Ist er freundlich gestimmt? Ist er streng und penibel?

Will er ihn überprüfen oder einfach nur höflich sein?

„Mein Name ist Miller. Sie haben Recht, wir kennen uns noch nicht persönlich."

Miller reicht ihm die Hand. Der Manager erwidert seinen Handschlag.

„Normalerweise kenne ich alle unsere Mitglieder. Sie habe ich hier aber noch nie gesehen. Sind Sie neu hier?"

Miller weiß nicht genau, was Pete ihm für eine Mitgliedschaft erstellt hat. Ist er schon seit langem Mitglied oder gerade erst neu dazu gekommen? Wäre gut, wenn sie mal über diese Kleinigkeiten gesprochen hätten.

Miller muss also improvisieren. Oder besser gesagt, er muss sich für eine Variante entscheiden. Hoffentlich ist es die Richtige.

„Ich bin gerade erst aus Florida hierhergezogen. Und ein Freund hat mir diesen Club empfohlen."

„Ach, das ist schön. Darf ich fragen, wer so freundlich war und die Empfehlung ausgesprochen hat?"

Miller kann jetzt schlecht irgendeinen Namen nennen. Wenn der Kerl alle Mitglieder kennt, könnte die ganze Sache jetzt sehr schnell auffliegen.

Er kann jetzt auch nicht Don Pedros Namen sagen. Aber da fällt ihm gerade etwas ein.

„Das sage ich Ihnen gern. Mister Marcione hat diese Empfehlung ausgesprochen."

Miller lächelt freundlich während er das sagt. Wenn dieser Clubmanager so gut vernetzt ist, wie er es behauptet, dann weiß er ganz genau, wer dieser Marcione in Wirklichkeit ist.

Der Manager wirkt überrascht und eingeschüchtert zugleich.

„Oh, Mister Marcione. Einer unserer langjährigen Mitglieder. Ein sehr angesehener Gast unseres Hauses. Na wenn das so ist, willkommen in unserem schönen Golfclub. Genießen Sie den Aufenthalt. Wenn Sie irgendwelche Wünsche haben, wenden Sie sich gern direkt an mich."

Während er das sagt, gibt er Miller noch seine Visitenkarte und macht fasst einen Bückling.

Das hat gesessen. Miller ist angekommen.

Unterdessen versuchen Hannah und Tom Zeugen der gestrigen Nacht zu finden. Sie befragen Passanten, Geschäftsinhaber, Zeitungshändler, klingeln bei Anwohnern.

Keiner hat etwas gesehen. Keiner will aber so recht mit ihnen reden. Man merkt, sie haben Angst. Aber was ist da los? Warum will keiner etwas gesehen haben? Sind die Menschen alle so eingeschüchtert? Wenn ja, von wem?

Schließlich könnte so etwas ja auch deren Kinder, beziehungsweise Töchter betreffen. Die könnten genauso Opfer werden. Und was dann? Redet dann immer noch keiner?

Hannah und Tom müssen aber irgendwie Informationen bekommen. Aber woher und von wem? Ein schwieriges Unterfangen. Aber sie geben nicht auf. Auch wenn die beiden von den Anwohnern der Straßen mit Argwohn betrachtet werden. Das ist ihnen egal. Sie spüren die Blicke. Den Zorn. Aber auch die Angst.

Man sieht den beiden aber auch sofort an, dass sie von irgendeiner Behörde kommen. Sie mussten sich noch nicht einmal ausweisen.

Als plötzlich hinter ihnen eine Polizeisirene kurz aufheult. Ein Polizeiwagen hält neben ihnen an. Zwei Cops steigen aus und gehen auf Hannah und Tom zu.

„Wir haben gehört, dass Sie hier die Leute befragen. Wer sind Sie und was wollen Sie hier?"

Der Tonfall des einen Cops ist leicht aggressiv. Sein Gesichtsausdruck wenig freundlich. Eine Hand am Pistolenhalfter, geht er langsam auf die beiden zu.

Sein Kollege bleibt ein zwei Meter weiter hinten. Auch er hat die eine Hand am Halfter und die andere am Funkgerät.

Die Situation ist brenzlig. Die Polizisten scheinen sehr nervös und angespannt zu sein.

Tom sieht fragend zu Hannah. Was sollen die beiden jetzt machen? Die Gefahr, dass sie auffliegen ist groß.

Hannah hält Tom am Arm fest und sagt leise zu ihm:

„Bleib ganz ruhig und überlass mir das Reden. Ich mache das schon."

Tom kennt diese Situation. Er ist schon öfter mit dem Gesetz in Konflikt geraten. Und er hat auch schon das eine oder andere Mal mit Cops auf der Straße zu tun gehabt. Die sind nicht unbedingt darauf aus neue Freunde zu finden. Im Gegenteil. Die Hemmschwelle zu Gewaltanwendungen, von beiden Seiten, ist heutzutage leider sehr gering. Deshalb ist größte Vorsicht geboten.

Hannah geht langsam auf die beiden Cops zu.

„Kein Grund zur Sorge. Wir sind im gleichen Team."

„Ich hole jetzt meinen Ausweis aus meiner Tasche. Also ganz ruhig bleiben."

Der Polizist bleibt stehen.

„Sagen Sie mir nicht, was ich machen soll. Greifen Sie langsam mit einer Hand in Ihre Tasche. Und Sie daneben, bleiben stehen."

Der Cop ist angespannt.

Hannah greift langsam in ihre Tasche und zieht ihren Ausweis heraus. Jetzt kann sie nur hoffen, das Pete gute Arbeit geleistet hat. Sie reicht dem immer noch sehr aggressiv wirkenden Cop langsam den Ausweis. Der zweite Cop beobachtet das Geschehen ganz genau. Tom steht wie angewurzelt zwei Meter hinter Hannah.

„Hier ist mein Ausweis. Mein Kollege und ich sind vom FBI. Wir untersuchen den Entführungsfall von gestern Nacht."

Der Polizist greift nach dem Ausweis, sieht ihn sich an, blickt zu seinem Kollegen und fragt diesen mit ernster Stimme:

„Weißt Du was von Ermittlungen des FBI?"

Der andere Cop schüttelt nur den Kopf.

„Frag doch mal in der Zentrale nach, ob das FBI zwei Leute nach Hell's Kitchen geschickt hat."

Mittlerweile haben sich mehrere Passanten um die vier Personen versammelt.

„Gehen Sie bitte weiter. Hier gibt es nichts zu sehen."

Er gibt seinem Kollegen Hannahs Ausweis. Der macht sich daran, Kontakt mit der Zentrale aufzunehmen.

Fliegen Hannah und Tom jetzt auf? Wenn ja, können sich die beiden auf was gefasst machen. Amtsanmaßung, Irreführung der Polizei, widerrechtliche Ermittlungen, usw. Da käme einiges auf die beiden zu.

Während der eine Cop mit der Zentrale spricht, wendet sich der andere an Hannah und Tom.

„Warum hat man Sie hierhergeschickt? Wir haben gestern Nacht doch schon alle möglichen Zeugen befragt. Und den Tatort haben wir auch gesichert. Die Spurensicherung war da, hat aber nichts Brauchbares gefunden."

Hannah schaut freundlich zu ihm und versucht auch durch ihre Körpersprache die angespannte Stimmung zu entschärfen. Das hat sie von Miller gelernt. Damit kann man viel erreichen.

„Da haben Sie Recht. Und Sie machen einen prima Job. Wir wollen das auch überhaupt nicht infrage stellen. Wir sind von unserem Boss hierhergeschickt worden. Mehr wissen wir auch nicht."

Hannah lächelt und zuckt mit den Schultern.

„Wir machen auch nur unseren Job."

Tom versucht auch so locker wie möglich zu wirken. Nur keine Anspannung zeigen. Hätten sie doch besser mal ihre Inears eingesetzt. Dann hätte Pete das alles mitbekommen und hätte vielleicht irgendwie reagieren können. Aber damit hätte keiner gerechnet.

Der zweite Cop bekommt auf einmal eine Rückmeldung von der Zentrale. Er hört genau zu. Hannah kann es aus der Entfernung leider nicht verstehen.

Sind Sie aufgeflogen? Ist alles vorbei?

Er geht auf seinen Kollegen zu und informiert diesen über den Inhalt des Gespräches.

„Es ist alles okay. Die Zentrale hat die Information vom FBI auch erst vor einer halben Stunde bekommen. Die beiden sind hier, um nach weiteren Spuren zu suchen."

Er gibt Hannah ihren Ausweis zurück.

„*Tut uns leid, aber wir haben hier schon so einiges erlebt. Da muss man immer mit allem rechnen. So ist das leider in Hell's Kitchen.*"

„*Ist doch kein Problem, Jungs. Ihr macht Euren Job und wir machen unseren. Wir sind auf jeden Fall alle auf derselben Seite.*"

Tom fällt ein Stein vom Herzen. Wie konnte Hannah nur so cool bleiben? Und wieso hat die Zentrale überhaupt diese Information erhalten?

Er hat zwar in der Vergangenheit schon viele gefährliche Situationen erlebt. Aber meistens mit anderen zwielichtigen Personen. Leute, die aus der Autobeschaffungsbranche kamen. Mit denen wusste er umzugehen. Aber mit Cops ist das immer etwas ganz Anderes.

Der erste Cop ist aber anscheinend immer noch nicht so ganz überzeugt. Er begutachtet Hannah und Tom immer noch sehr genau.

„*Ihr seid aber ganz schön jung für diesen Job. Wie kommt man denn in Eurem Alter schon in den Außendienst des FBI?*"

Tom grinst und bringt sich jetzt auch mit ein.

„*Das passiert uns häufiger. Wir waren die Jahrgangsbesten. Wir sind echte Streber.*"

Hannah verdreht die Augen während Tom das sagt.

Die beiden Cops sehen sich an, drehen sich um und verabschieden sich mit den Worten:

„Dann noch viel Erfolg bei der Spurensuche, Ihr Streber."

Sie steigen in ihren Wagen und fahren davon.

Tom sieht erleichtert zu Hannah. *„Das war knapp."*

„Streber? Was war das denn für ein Schwachsinn?"

„Ist das Beste, was mir spontan eingefallen ist. Hat doch funktioniert."

Hannah schüttelt nur den Kopf.

„Komm' lass uns zurück ins Loft fahren. Hier redet eh keiner mit uns. Ich fahre."

Sie sagt das mit einem so bestimmenden Ton, dass Tom ihr schnell den Fahrzeugschlüssel zuwirft.

Im Golfclub Forest Park, vor den Toren Brooklyns, steht Miller mittlerweile in der Nähe des ersten Abschlags. Es ist kurz vor 15.00 Uhr. Don Pedro müsste also gleich hier auftauchen.

Miller steht ein bisschen dort rum, wie bestellt und nicht abgeholt.

In seiner Golfermontur, mit seinem Golfbag und dem etwas unwohlen Gefühl in der Magengegend wartet er auf Don Pedro. Er ist sich nicht sicher, wie die ganze Sache hier laufen wird. Ob das so eine gute Idee war?

Im selben Moment kommen zwei schwarz gekleidete Hünen um die Ecke. Sie sondieren die Lage, schauen grimmig drein und schüchtern sofort jeden ein, der auch nur in ihre Nähe kommt. Einer der beiden dreht sich um und nickt. Don Pedro kommt zum Abschlag. Auch er trägt entsprechende Golfkleidung und Schuhe. Nur bei ihm sieht es irgendwie nicht so gewollt aus, wie bei Miller.

Miller geht langsam in Richtung des 1. Abschlags. Er weiß nicht, wie Don Pedro reagieren wird, wenn er ihn sieht. Geschweige denn die beiden Leibwächter.

Egal, da muss er jetzt durch. Miller ist schon fasst am Abschlag, als er von den beiden Riesen forsch abgehalten wird, weiterzugehen.

„Der Abschlag ist belegt. Sie müssen warten."

Miller schafft es kaum an den beiden Hünen vorbeizuschauen, so groß und breit sind die. Also ruft er einfach Don Pedro etwas zu.

„Don Pedro, ich bin es, Miller. Ich bräuchte dringend Ihre Hilfe."

Don Pedro ist gerade dabei sich am Abschlag zu positionieren, als er sich umdreht, seine dunkle Sonnenbrille hochnimmt und verwundert schaut, wer es sich traut, ihn in dieser Situation anzusprechen.

„Don Pedro. Sie müssten sich an mich erinnern. Letztens im Hotel. Die Pokerpartie mit den ungebetenen Besuchern."

Der Don überlegt kurz, gibt den Bodyguards ein Signal und sie lassen Miller durch. Dieser ist erleichtert. Hürde Eins ist schon mal geschafft. Allerdings wird es nicht leichter. Er ist nervös. Das kennt man so von ihm gar nicht.

Don Pedro setzt die Sonnenbrille komplett ab, mustert Miller von oben bis unten.

„Na Du hast ja Nerven. Dass Du mich hier überhaupt gefunden hast und dann noch bei meinem Lieblingssport störst."

„Ich hätte Dich fast nicht erkannt. Du siehst ein bisschen aus, wie ein College-Boy. Was willst Du hier?"

Miller gehen gerade tausende Gedanken durch den Kopf. Lieblingssport? Na das ist doch wohl kein Sport. Mit einem Schläger einen kleinen weißen Ball durch die Gegend zu hauen. Und was heißt hier überhaupt College-Boy? Aber egal was er gerade denkt, zurück zum eigentlichen Ziel.

„Es tut mir leid, dass ich Sie hier belästige. Sie haben bei unserem letzten Treffen gesagt, wenn ich mal Hilfe bräuchte, könnt ich mich an Sie wenden."

„Und da bin ich." Miller lächelt gequält während er sich immer noch unwohl fühlt in seiner Haut.

Don Pedro zögert einen Moment. Was wird er machen? Wird er mit Miller reden? Wird er ihm sogar helfen?

„Ich sehe, Du hast nicht nur die entsprechende Kleidung an, sondern auch das nötige Equipment dabei. Dann sollten wir jetzt erst mal abschlagen, damit wir hier nicht den ganzen Verkehr aufhalten."

Na prima, jetzt soll Miller tatsächlich auch noch Golf spielen. Er hatte doch schon seit einer Ewigkeit keinen Schläger mehr in der Hand.

„Ich sage Dir was, junger Freund. Wenn Du es schaffst, mich an mindestens ... sagen wir, an mindestens vier Löchern zu schlagen, dann darfst Du mir Dein Anliegen erzählen. Was hältst Du davon?"

Miller geht im Kopf schnell die Wahrscheinlichkeiten durch. Er sitzt zwar nicht am Pokertisch, aber es ist eine ähnliche Situation. Die Wahrscheinlichkeit, dass er auf 18 Loch, vier Bahnen gewinnen kann, ist relativ groß. Trotz seines nicht vorhandenen Könnens und Don Pedros gutem Handicap.

Immerhin hat er laut Liste ein Handicap von 9,3. Das ist schon mal nicht so schlecht. Aber was heißt das schon. Miller sieht seine Chance.

„Okay, aber nur, wenn ich ein paar Schläge als Vorgabe bekomme. Sie sind schließlich hier der Profi."

Don Pedro's Mine verdunkelt sich schlagartig.

„Was? Wir spielen Lochspiel. Wer als erster den Ball versenkt, hat die Bahn gewonnen. Keine Vorgaben und so was."

„Ja oder nein? Bist Du dabei oder nicht?"

Miller hat nicht zu verlieren. Er schlägt ein. *„Deal."*

Don Pedro signalisiert seinen Bodyguards, dass sie verschwinden sollen. Auf der Runde will er nicht weiter gestört werden.

Als Hannah und Tom in Hell's Kitchen gerade in den Wagen einsteigen wollen, sehen sie, etwas entfernt, ein junges Mädchen an einem Wohnungseingang stehen. Es starrt die ganze Zeit in deren Richtung.

„Hey Hannah, siehst Du das Mädchen da vorn? Sie beobachtet uns schon die ganze Zeit."

"Ja, ich habe sie vorhin auch schon gesehen. Sie hat sich aber immer wieder versteckt. Wollte nicht gesehen werden."

"Was sollen wir machen?"

Hannah öffnet die Wagentür, zieht ihr Sakko aus, schmeißt es wieder ins Auto und ruft Tom zu:

"Lass mich das mal alleine machen. So von Frau zu Frau."

Tom bleibt alleine im Auto zurück, während Hannah langsam auf das Mädchen zugeht. Sie geht bewusst langsam und entspannt auf das junge Mädchen zu. Sie will sie nicht verschrecken und erst recht keine Aufmerksamkeit unter den anderen Passanten wecken.

Das Mädchen will nicht gesehen werden. Sie versucht sich unauffällig hinter einem Mauervorsprung zu verstecken. Aber trotzdem haben Hannah und Tom sie entdeckt. Hat sie vielleicht etwas beobachtet?

Hannah ist gleich bei ihr. Nur noch wenige Meter trennen sie voneinander. Hannah schaut zurück zu Tom. Der sitzt weiterhin im Wagen und wartet ab. Als Hannah wieder in Richtung des Mädchens schaut, ist sie weg. Nichts mehr zu sehen von ihr. Gerade war sie noch da. Wo ist sie hin?

Hannah zuckt mit den Schultern. Sie gestikuliert wild, dass die Kleine weg ist. Tom soll mit dem Auto um den Block fahren, um sie zu suchen. Hannah geht zu Fuß weiter. Weit kann sie nicht sein.

Hannah rennt los. Sie ist schnell an der Ecke, an der das Mädchen stand. Nichts zu sehen. Sie ist weg. Aber wohin? Die Straße runter, das hätte Hannah gesehen. Auf sie zu? Nein. Dann wäre sie ihr direkt in die Arme gelaufen. Also gibt es nur eine Möglichkeit. Sie muss durch die schmale Gasse Richtung Osten gelaufen sein. Also hinterher.

Tom fährt in der Zeit um den Block. Er fährt langsam. Er hat das Mädchen nur aus der Ferne gesehen. Er mustert jedes Mädchen, dass er unterwegs sieht ganz genau. Ist sie das? Nein. Da vorn? Nein, ist sie auch nicht. Er fährt weiter.

Hannah ist derweil in die kleine Gasse abgebogen. Sie läuft schnell. Sie ist fit. Kein Problem für sie. Aber wo ist das Mädchen? So schnell kann die Kleine doch gar nicht sein. Hannah hätte sie schon längst eingeholt haben müssen.

In dem Moment biegt Tom um die Ecke. Er bleibt stehen, steigt aus und ruft Hannah zu:

„Hier ist sie nicht langgekommen. Ich hätte sie sehen müssen. Sie muss hier noch irgendwo sein."

Hannah hält ihren Zeigefinger vor den Mund. Sie signalisiert Tom, dass er ruhig sein soll. Sie will das Mädchen nicht verschrecken, falls es noch in der Nähe ist.

Es ist kein Laut zu hören. Die schmale Gasse ist leer. Tom steht am hinteren Ende, Hannah in der Mitte der Gasse. Sie schaut sich um. Keine Türen oder Eingänge. Sie kann also nirgendwo hineingegangen sein. Ein Stück weiter ist eine Treppe. Sie führt nach unten. Dort könnte sie sein.

Hannah geht langsam und möglichst leise in diese Richtung. Sie signalisiert Tom, dass er dableiben soll, wo er gerade ist. Er hat weiterhin die Gasse im Blick.

Als Hannah die Treppe erreicht, hört sie ein leises wimmern. Da hockt das junge Mädchen. Zusammengekauert am unteren Ende der Treppe. Das Gesicht in den Armen vergraben.

Hannah winkt Tom zu, dass sie dort unten ist.

Sie geht an den Treppenvorsprung, bleibt stehen und spricht mit leiser und beruhigender Stimme zu dem Mädchen.

„Hallo. Ich bin Hannah. Wer bist Du?"

Keine Antwort. Keine Reaktion.

„Hallo. Mein Name ist Hannah und ich möchte Dir helfen."

Wieder keine Reaktion. Das junge Mädchen zeigt keine Regung. Sie schaut nicht auf, antwortet nicht.

Hannah geht langsam die Treppe Stufe für Stufe hinunter. Sie versucht es erneut.

„Mein Name ist Hannah. Du kannst mir vertrauen. Ich will Dir nichts tun. Ich habe nur ein paar Fragen. Vielleicht kannst Du mir helfen. Es wird Dir nichts passieren."

Während sie das sagt, ist sie fast bei dem Mädchen angekommen. Hannah reicht ihr die Hand. Sie hockt sich zu dem Mädchen.

„Hey, Du brauchst keine Angst zu haben. Bei mir bist Du in Sicherheit. Sagst Du mir Deinen Namen?"

Ängstlich zögernd schaut das junge Mädchen zu Hannah auf.

„Ich heiße Amber." Sagt sie mit vibrierender Stimme.

„Hi Amber. Ich bin Hannah."

„Ich habe Dich vorhin gesehen. Du hast uns beobachtet, als wir mit den Polizisten gesprochen haben, stimmt's?"

Amber nickt.

"Kannst Du uns vielleicht etwas sagen, zu dem was gestern Nacht hier passiert ist?"

Amber ist höchstens 14 Jahre alt. Vielleicht 15. Aber älter auf gar keinen Fall. Hannah setzt sich zu ihr auf die Treppe. Sie versucht ihr die Angst zu nehmen.

"Wir sind vom FBI. Wir werden Dir nichts tun. Wir wollen nur dem anderen Mädchen helfen, das gestern Nacht entführt wurde."

Sie spricht immer noch besonders leise. Das Mädchen hat sichtlich Angst. Hannah muss ihr Vertrauen gewinnen.

"Lass Dir ruhig Zeit. Ich setze mich einfach hier hin und wenn Du etwas auf der Seele hast, dann kannst Du es mir gern sagen."

Hannah schaut zu dem Eingang. Sie sieht bewusst nicht zu Amber. Sie spürt aber, dass Amber zu ihr sieht. Hannah wartet ab.

In der Zwischenzeit hat Miller die ersten Löcher gegen Don Pedro verloren. Fünf Bahnen sind gespielt, fünf Siege für Don Pedro. Aber Miller kommt so langsam wieder rein. Wie hatte Mister J es noch gesagt? Das ist doch wie Fahrradfahren, das verlernt man nicht.

Na ja, ganz so leicht ist es nicht. Aber Miller bekommt langsam wieder ein Gefühl für die Schläger.

Muss er auch, will er vier Bahnen für sich entscheiden. 13 Bahnen hat er noch vor sich. Aber es wird ein hartes Stück Arbeit. Der Don spielt wirklich gut. Aber die Frage ist, ob er das über die ganzen 18 Bahnen so durchhalten kann. Normalerweise gibt es beim Golfen oftmals ein Auf und Ab.

Es wird kaum gesprochen zwischen den beiden. Sie sind konzentriert und fokussiert. Aber alles geht mit rechten Dingen zu. Da wird nicht gemogelt. Don Pedro ist ein Ehrenmann. Also zumindest wenn es um den Golfsport geht.

Seine beiden Leibwächter fahren mit dem Golfcart in geringer Entfernung hinterher. Sie lassen ihren Boss nie aus den Augen. Und sie lassen auch Miller nicht aus den Augen. Aber Miller will ihn sowieso nicht auf der Runde auf den Gefallen ansprechen. Deal ist Deal. Jetzt muss er die Sache durchziehen und hoffen, dass er noch vier Bahnen gegen ihn gewinnen kann. Also, vollste Konzentration.

Hannah konzentriert sich auch voll und ganz auf Amber. Sie sitzen beide da auf der Kellertreppe. Keiner sagt etwas. Amber schaut die Treppe rauf.

„*Du brauchst wirklich keine Angst zu haben. Der einzige, der dort oben ist, ist mein Partner. Und dem kannst Du genauso vertrauen, wie mir auch.*"

Amber sieht zu Hannah. Sie wirkt eingeschüchtert, ängstlich und auch ein bisschen nervös. Vielleicht sollte sie mit Amber an einem anderen Ort reden. Aber dazu muss Hannah erst mal Ambers Vertrauen gewinnen.

„*Kannst Du uns etwas sagen, zu dem Vorfall von gestern?*"

Amber nickt zögerlich.

„*Das ist prima. Wir wollen ja das Mädchen finden. Und dazu brauchen wir jeden Hinweis, den wir kriegen können. Also, wenn Du etwas gesehen oder gehört hast, das uns weiterhelfen kann, dann kannst Du es mir erzählen.*"

„*Wir dürfen aber nicht mit der Polizei reden.*" Sagt Amber nach einer kurzen Weile.

„*Wieso dürft Ihr nicht mit der Polizei reden? Hat Euch das jemand verboten?*"

„*Nein. Ich meine, wir dürfen nicht mit der Polizei darüber reden.*"

„*Was meinst Du damit? Nicht mit der Polizei allgemein oder nicht mit den beiden Cops von vorhin?*"

Amber hat Angst. Sie weiß nicht, ob sie Hannah vertrauen kann.

„War das Mädchen, dass gestern Nacht verschwunden ist, eine Freundin von Dir?"

Amber nickt. Sie schaut kaum nach oben, sieht Hannah nur flüchtig an, so als ob sie nicht erkannt werden will.

Tom beobachtet derweil immer noch die schmale Gasse. Es gehen kaum Menschen hindurch. Gut für die beiden. Aber auch sehr merkwürdig. Es ist schließlich helllichter Tag. Normalerweise müsste auch hier so einiges los sein. Tom sieht sich immer wieder um. Hannah und Amber sind von der Straße aus nicht zu sehen. Sie hocken beide auf der Treppe, die nach unten führt.

Allerdings wirkt Tom nicht gerade unauffällig. So wie er dort an seinem Auto steht. Immer mit dem suchenden Blick. Aber dennoch. Es ist niemand zu sehen. Auf der Straße und auch an den Fenstern nicht. Als wenn hier keiner wohnen würde.

Bis auf einmal hinter Tom erneut die Sirene des Polizeiwagens aufheult. Tom zuckt zusammen. Er dreht sich um und sieht die beiden Cops von vorhin auf ihn zufahren.

Hannah hat das Aufheulen der Sirene natürlich auch gehört. Amber verkriecht sich noch weiter in die unterste Ecke des Kellereingangs. Hannah geht näher an sie ran und signalisiert ihr, dass sie ganz leise sein soll.

„Pst. Sei ganz ruhig. Es wird Dir nicht passieren."

Der Polizeiwagen hält neben Tom an und der Fahrer wendet sich an ihn.

„Sie sind ja immer noch hier. Wir haben einen Anruf erhalten, dass sich hier zwielichtige Gestalten rumtreiben sollen."

„Na da bin ich aber froh, dass Sie hier sind. Nicht, dass ich denen noch begegne."

Erwidert Tom mit einem süffisanten Grinsen.

Der Cop schaut sich suchend um. *„Wo ist denn Ihre hübsche Partnerin geblieben?"*

„Die musste mal schnell verschwinden. Sie wissen schon, für kleine Mädchen und so."

Die beiden Cops schauen sich an, schütteln den Kopf und fahren dann langsam weiter.

Tom wartet bis die beiden weg sind und geht dann zu der Treppe, auf der sich Hannah versteckt hat. Er sieht sich noch einmal um, ob die beiden Cops wirklich weg sind, guckt dann runter und sieht Hannah.

Sie beugt sich über Amber. Die zittert am ganzen Körper.

„Komm mit Amber. Die Cops sind weg. Du siehst, wir haben mit denen nichts zu tun."

Sie reicht ihr die Hand.

„Hannah, mach schon. Wir müssen hier weg, bevor Dick und Doof wieder hier auftauchen."

Sie kommt langsam mit Amber an der Hand nach oben. Sie schauen sich um, ob nicht doch irgendwo jemand ist, bevor sie ganz aus dem Treppenabgang hervorkommen.

„Das ist Tom. Er ist ein Freund. Du brauchst keine Angst zu haben."

Während sie das sagt, fahren die Cops am anderen Ende der Gasse vorbei.

Amber sieht den Polizeiwagen, reißt sich los und rennt davon. Sie ist so schnell weg, dass Hannah und Tom keine Chance haben ihr zu folgen. Ohne dabei die Aufmerksamkeit der beiden Cops auf sich zu ziehen.

Amber ist weg.

Miller hat es tatsächlich geschafft. Er hat vier der letzten fünf Bahnen gewonnen. Okay, ehrlicherweise hat Don Pedro diese vier Bahnen verloren. Er hat sich so viele Fehler erlaubt, dass Miller die Bahnen fast geschenkt wurden. So ist das eben auf solch einer langen Runde. Miller hat Glück gehabt.

Auf dem Grün der 18. Bahn reicht der Don Miller die Hand.

„Gut gespielt meiner junger Freund. Nicht ganz so gut wie am Pokertisch, aber Du hast Potenzial."

„Ja, das haben meine Eltern auch immer gesagt. Aber es war nie so mein Ding, einen kleinen weißen Ball mit solchen Metallteilen durch die Gegend zu schlagen."

Don Pedro steckt sich eine dicke Zigarre an, während seine Bodyguards die Golfausrüstung einsammeln.

„Okay dann schieß mal los. Ich stehe zu meinem Wort. Wie kann ich Dir helfen?"

Der Zigarrenqualm umhüllt die beiden während er Miller fragend ansieht. Miller wedelt den Qualm aus seinem Gesicht und überlegt, wie er das Thema am besten anspricht. Ach, gar nicht um den heißen Brei herumreden, denkt er sich.

„Es geht um junge Frauen, die gegen ihren Willen verschleppt, beziehungsweise verkauft werden."

Don Pedro ist überrascht.

„Hey, mein junger Freund. Damit habe ich nichts zu tun. Das sind nicht meine Geschäfte. Ich bin ein seriöser Geschäftsmann."

„Sie sind vielleicht ein seriöser Mafiapate – auch wenn diese beiden Begriffe irgendwie nicht zusammenpassen – aber Sie haben Kontakte, Sie kennen sich in dieser Stadt aus. Und zwar dort, wo wir uns nicht auskennen."

„Du hast ne ganz schön große Klappe, weißt Du das?"

Don Pedro schmunzelt.

Miller denkt sich gerade nur: *Entweder gibt es jetzt Zementschuhe oder ich bekomme Informationen.*

„Und was heißt eigentlich wir. Für wen arbeitest Du?

„Wir, das sind meine Freunde und ich. Wir helfen einem anderen Freund von uns."

„Und deshalb brauchen wir dringend Informationen über diese osteuropäischen Menschenhändler, die auch hier in New York ihr Unwesen treiben."

„Also können Sie mir helfen oder nicht?"

Don Pedro nickt nur und bittet Miller in sein Auto einzusteigen.

Na prima, denkt sich Miller, *jetzt steige ich auch noch in dessen abgedunkelte Limousine ein. Zwei Bodyguards da vorn, das kann ja heiter werden.*

Miller steigt zu dem Don ins Auto. Der schaut Miller grimmig an.

„Ich habe ja gesagt, ich stehe zu meinem Wort. Doch mit diesen Typen wollt Ihr gar nichts zu tun haben."

„Sie kennen die also?"

„Kennen wäre zu viel gesagt. Ich weiß, wer die sind und was die machen. Und eines will ich Dir sagen. Dass was die dort tun, damit will ich nichts zu tun haben. Das ist nicht meine Baustelle."

„Ja, ist mir schon klar. Wir müssen wissen, wo die ihre Mädchen unterbringen und wann und wo sie weiter transportiert oder verkauft werden."

„Allein wenn ich darüber mit Ihnen rede, wird mir schon ganz schlecht."

Es ist auf einmal ganz ruhig im Auto. Der Don überlegt. Miller ist gespannt, ob er nützliche Infos bekommt.

Don Pedro nimmt einen Zettel, schreibt etwas darauf, faltet ihn zusammen und überreicht ihn Miller.

"Die Infos hast Du nicht von mir. Und jetzt raus aus meinem Wagen."

Er blickt zur Tür, Miller nimmt den Zettel und steigt aus. Kurz bevor er den Wagen verlässt, dreht er sich nochmal um und bedankt sich bei dem Don.

Miller steigt aus, schließt die Fahrzeugtür und geht erleichtert weg. Als der Wagen an ihm vorbeifährt, öffnet sich das Fenster und Don Pedro ruft ihm zu:

"Und demnächst sehen wir uns am Pokertisch wieder. Du schuldest mir noch eine Revanche."

Miller grinst: *"Kein Problem. Sagen Sie mir nur wann und wo. Ich werde da sein."*

TATSACHEN

Während Hannah, Tom und Miller im Außeneinsatz waren, war Pete natürlich nicht untätig. Er hat sich die ganzen Informationen, die er von Mister J bekommen hat, in Ruhe angesehen. Er hat sie analysiert, sortiert und so zusammengefügt, dass sich ein klareres Bild ergibt. Kein schönes Bild. Eher ein verstörendes. Denn die vielen Details zu dieser Menschenschlepper-Bande sind schon sehr schwer zu verdauen.

Pete will sich gerade an die Informationen setzen, die ihm Aufschluss geben würden, wer dieser Mister J eigentlich ist. Natürlich ist er gespannt. Auf der anderen Seite geht ihm durch den Kopf, ob er das überhaupt wissen will? Wird sich dadurch nicht alles verändern?

Und wie soll er diese wichtige Sache für sich behalten? Den anderen nichts davon erzählen? Sie sind doch schließlich ein Team. Wenn sie das herausfinden, wie werden sie reagieren?

Bis Pete auf einmal klar wird, dass er gerade nur an sich selbst denkt. Es geht hierbei nicht um ihn und auch nicht um die anderen Drei. Es geht einzig und allein um die Nichte von Mister J. Und natürlich um die anderen jungen Mädchen, die jeden Tag von diesen Gangstern verschleppt werden.

Pete will gerade die Entertaste auf seinem Laptop drücken, mit der er die nötigen Infos erhält, wer Mister J ist, da geht die Tür vom Loft auf und Hannah und Tom stürmen herein.

Pete erschreckt sich kurz, blickt hoch zu den beiden und drückt die Taste nicht.

Hannah rennt an Pete vorbei.

„Hallo Ihr Zwei. Ist alles gut gelaufen? Habt Ihr was rausfinden können?"

„Nicht jetzt. Ich muss erst mal wohin. Zu viel Wasser getrunken."

Sie rennt und verschwindet auf der Toilette.

Tom schüttelt nur den Kopf.

„Die hat mich schon die ganze Rückfahrt über bekloppt gemacht."

„Wir erzählen Dir gleich, was wir rausgefunden haben. Lass uns noch auf Miller warten. Er hat mir eben eine SMS geschickt, dass er auch auf dem Rückweg ist. Er müsste eigentlich gleich hier sein."

„Okay, kein Problem."

Hannah kommt im wahrsten Sinne des Wortes erleichtert aus dem Bad.

„Das war allerhöchste Eisenbahn."

„Und Pete, bei Dir alles klar? Hast Du die Schweine schon aufgespürt? Also wir haben so einiges erlebt."

Hannah ist noch ganz aufgekratzt. Tom ist wie immer die Ruhe selbst. Und Pete versucht so normal wie immer zu sein. Bis Tom zu ihm sagt:

„Mensch Pete, Du siehst echt nicht gut aus. Ein bisschen blass um die Nase. Du könntest auch mal einen Außeneinsatz gebrauchen. Das würde Dir guttun, mal raus aus dem Loft und weg von Deinem Computer."

Pete schüttelt den Kopf.

„Nein danke. Bei mir ist alles okay. Die ganzen Hintergrundinformationen waren wohl nur ein bisschen zu viel. Das kann einem schon mal aufs Gemüt schlagen. Und außerdem hat mir der Einsatz bei dem Spendenball gereicht. Ich bleibe lieber hier."

Hannah lächelt.

„Stimmt ja Pete. Das sollten wir mal wiederholen. Hast echt eine gute Figur in dem feinen Zwirn und auf der Tanzfläche gemacht."

Pete verdreht nur die Augen.

Die Drei warten auf Miller. Sie sind schon ganz gespannt, was er bei Don Pedro erfahren hat.

Mit solch einem Mafiosi zu sprechen, war bestimmt nicht so einfach. Während Hannah und Tom sich auf der Couch ausruhen, tippt Pete weiter auf seinem Laptop rum. Er ist weit genug weg von den beiden, so dass er wieder kurz davor ist, die Taste zu drücken, um die alles entscheiden Daten zu bekommen, wer Mister J in Wirklichkeit ist.

Kurz vor dem Druck auf die Taste geht die Wohnungstür auf und Miller kommt herein. In seinem Golf-Outfit stolziert er durch das Loft, als wenn er sagen wollte: *Seht her, der Meister ist zurück...*

„Hallo meine Freunde... Seid gegrüßt Ihr Mitglieder der NORMALEN Gesellschaft".

Er lacht und überzieht seine Rolle bewusst.

Hannah ist mal wieder die Erste, die reagiert.

„Ja ja, Du uns auch, Du Möchtegern Golfer."

„Komm rüber und erzähl uns mal lieber, was passiert ist. Pete, Du auch. Komm zu uns. Lass mal für ein paar Minuten die Finger vom Computer."

Miller erzählt voller Stolz von seinen gewonnenen Bahnen gegen Don Pedro. Von den Informationen, die er von seinem „neuen Freund" bekommen hat. Er ist stolz und zugleich erleichtert, dass er das alles so gut hinbekommen hat.

Hannah klopft Miller auf die Schulter. Doch was stand auf dem Zettel, den Don Pedro Miller gegeben hat?

Docks – Morgen Abend 21:00 Uhr – Pier 18

Hannah und Tom sind dran. Sie erzählen von Ihren Begegnungen mit den Cops und mit der jungen Amber. Pete und Miller hören gespannt zu. Sie sind beeindruckt, aber auch sehr nachdenklich.

Was haben die Cops mit der ganzen Sache zu tun? Und viel wichtiger, wo ist Amber jetzt und wie geht es ihr?

Auch Pete setzt die anderen ins Bild hinsichtlich seiner Erkenntnisse. Alle sind bedrückt. Bei aller Lockerheit, die sie an den Tag legen, wissen sie doch ganz genau um den Ernst der Lage. Sie versuchen nur durch den einen oder anderen lockeren Spruch ihre eigenen Ängste zu verstecken.

Jetzt weiß jeder, was die anderen erlebt oder rausgefunden haben. Nur Pete weiß immer noch nicht, wer sich hinter Mister J verbirgt. Er schaut immer wieder zu seinem Laptop. Er will es jetzt wissen. Er muss es wissen, damit er in seiner Recherche weiterkommen kann. Als in dem Moment Mister J's Stimme durch das Loft schallt.

"Das sind ja eindrucksvolle Berichte, liebe Freunde. Ich bin begeistert."

"Okay, ich hatte eigentlich auch nichts Anderes von Ihnen erwartet. Es war mir klar, dass Sie mit den nötigen Informationen zurückkehren werden. Gut gemacht."

"Die Frage ist jetzt, wie gehen wir damit um und was werden die nächsten Schritte sein? Denn die Uhr tickt. Jeden Tag werden neue Mädchen verschleppt und weiterverkauft. Das müssen wir schnellstmöglich verhindern."

"Pete, können Sie mit den Docks am Hafen, Pier 18 und der morgigen Zeit irgendwas anfangen? Gibt es da Parallelen zu Ihren Nachforschungen? Denn die Docks sind groß und wir können nicht das ganze Gebiet überwachen."

"Ja Mister J. Einiges deutet daraufhin, dass diese Typen dort entweder neue Mädchen erhalten oder sie welche verschiffen. Das ist aber schwer zu sagen."

"Eindeutig ist auch, dass die Cops irgendwas mit der Sache zu tun haben müssen." Bringt Hannah sich ein.

"So, wie die sich verhalten haben, stinkt das bis zu Himmel. Habe ich Recht Tom?"

Er nickt und bestätigt Hannahs Verdacht.

Wer hängt also in dieser ganzen Menschhändlersache mit drin? Sind es nur die Gangster, die sich die Taschen vollmachen? Oder hält etwa die Polizei auch die Hände auf?

Wem dem so wäre, wird das ganze Unterfangen um einiges schwieriger. Denn dann hätten die Vier einen weiteren Feind und Gegner, dem sie das Handwerk legen müssen.

Womöglich sind es auch nur Spekulationen. Vielleicht ist an der Sache auch gar nichts dran. Möglicherweise waren die beiden Cops in Hell's Kitchen einfach nur zwei seltsame Typen, die ihren Job auf ihre ganz eigene Art und Weise machen.

Mister J wendet sich an Pete.

„Pete, können sie aufgrund der vorhandenen Daten, der Konten und des Geldflusses ein Indiz dafür finden, dass die örtliche Polizei dort mit drinhängt?"

„Also das, was ich bisher gesehen habe, lässt nicht darauf schließen. Allerdings bin ich noch nicht am Ende meiner Suche. Ich werde dem auf jeden Fall nachgehen."

„Tun Sie das bitte. Und das bitte schnell. Denn Sie wissen ja, wir haben nicht viel Zeit. Wir haben nur einen kleinen Korridor, den wir nutzen können, bevor die wieder verschwinden."

Pete macht sich umgehend an die Arbeit. Hannah, Tom und Miller tauschen sich derweil immer noch über die gemachten Erfahrungen aus.

Pete sieht die vielen Informationen, die ihm Mister J gegeben hat, nach Hinweisen durch. Er hat keine Zeit, die Identität von Mister J zu lüften. Jetzt hat das andere erst mal Vorrang.

Die Drei schmieden einen Plan. Aber wie sollen sie morgen Abend an den Docks tätig werden? Sie können ja nicht einfach dort auftauchen und sagen: *Hey, das geht so nicht was Sie da machen. Lassen Sie die Mädchen frei.*

Das sind Kriminelle, die damit Millionen verdienen. Die sind wahrscheinlich bewaffnet und zu allem bereit, um ihre „Ware" zu beschützen. Also wie sollen sie an die Sache rangehen

Da kommt Miller eine Idee.

„Lasst uns doch erst mal folgendes machen. Wir gehen da morgen Abend hin und schauen uns die ganze Sache erst mal aus der Ferne an. Also nicht von zu weit weg, aber so, dass wir nicht auffallen, aber trotzdem noch Beweise sammeln können. Fotos und Videos. Ihr wisst, was ich meine."

Er schaut zu Hannah und zu Tom.

Die schauen sich ebenfalls an und nicken sich zu.

„Das ist eine gute Idee Miller. Bist ja doch zu was zu gebrauchen."

Hannah lächelt, als sie das sagt. Sie mag Miller. Aber seinen ganzen Lebensstil und die damit verbundenen Eskapaden gefallen ihr gar nicht.

„Ja, das ist prima. Nur wir bräuchten dazu das entsprechende Equipment."

„Da haben Sie Recht Tom, aber das lassen Sie mal meine Sorge sein. Sie werden heute Abend noch mit den nötigen Kameras ausgestattet. Ist schon veranlasst."

„Mit Ihnen kann man arbeiten, Mister J."

In den nächsten Stunden sprechen die Vier viel miteinander. Über den aktuellen Fall, aber auch über die letzte Zeit zwischen den beiden Fällen.

Jeder von Ihnen ist seinen Weg gegangen. Allerdings immer mit dem Gefühl, es könnte jederzeit soweit sein. Die Nachricht von Mister J könnte kommen und es gibt einen neuen Fall.

Nun ist es soweit.

Und allen wird auf einmal klar, dass das ganz schön gefährlich werden kann. Nicht nur dieser neue Fall. Sondern die ganze Sache, der sie sich hier verschrieben haben. Sie werden immer wieder mit Kriminellen, Verbrechern und Gangstern zu tun haben. Sie werden sich unweigerlich in gefährliche Situationen begeben. Sie müssen sich also hundertprozentig aufeinander verlassen können. Jeder muss, wie beim ersten Fall auch, für den anderen da sein oder ihm den Rücken freihalten.

Es klingelt an der Tür. Sind es die versprochenen Utensilien von Mister J?

Miller geht zur Videosprechanlage und sieht, dass es nur der Essensbote ist. Sie haben mal wieder was bestellt. Dieses Mal beim Chinesen. Sie müssen ja schließlich auch was essen.

„Ist nur das Essen." Ruft Miller durch das Loft.

„Na endlich. Ich verhungere schon." Tom reibt sich die Hände und geht in die Küche.

„Brauchen wir Besteck oder Teller oder so was?"

Hannah sieht ihn verwundert an.

„*Tom, das ist Chinesisch. Das essen wir mit Stäbchen und direkt aus dem Karton. Hast Du noch nie beim Chinesen bestellt?*"

„*Doch, aber bei uns geht es immer etwas gesitteter zu als hier, habe ich so das Gefühl.*"

Pete schaltet sich ein.

„*Das liegt aber bestimmt an Deiner besseren Hälfte Tom.*"

Er grinst: „*Da hast Du Recht.*"

Miller nimmt derweil die Lieferung entgegen und gibt dem Boten ein saftiges Trinkgeld. Dieser ist ganz überrascht und bedankt sich achtunddreißigmal.

Die Vier machen es sich auf der großen Couch bequem und widmen sich dem Essen. Auch, um einmal abzuschalten, die Sinne auf etwas Anderes zu lenken. Ganz wichtig. Abwechslung muss sein. Trotzdem nicht den Fokus auf die Sache verlieren, das ist klar. Aber jetzt wird erst mal gespeist.

OBERSERVATION

Aufgrund der Informationen von Don Pedro und der Recherche von Pete, begeben sich die Vier in den Hafen von New York. Sie sind in Zweierteams unterwegs. Hannah mit Tom und Miller mit Pete. Ja, auch Pete ist dieses Mal mit dabei. Außeneinsatz. Etwas Neues für Pete. Okay, die Benefizveranstaltung mit Hannah hat er beim letzten Fall prima gemeistert, aber am wohlsten fühlt er sich eben hinter seinem Computer.

Heute wird aber jeder gebraucht. Das Gebiet, welches zu überwachen ist, ist viel zu groß.

Hannah und Tom nähern sich dem vermeintlichen Übergabeort von Westen und Miller trifft mit Pete von Osten ein.

Was wird die Vier dort erwarten? Stimmen die Informationen? Sind die Menschenhändler wirklich heute, genau zu dieser Zeit in Aktion? Sollte das tatsächlich so einfach verlaufen?

Alle begeben sich auf ihre im Vorfeld abgestimmten Positionen. Sie haben Kameras dabei, um alles aufzuzeichnen. Pete kann binnen Sekunden Kontakt zum FBI herstellen. Mister J hat ihm die nötigen Kontaktdaten gegeben.

Er hat aber auch ausdrücklich darauf hingewiesen, dass keine direkte Kontaktaufnahme mit den Gangstern erfolgen soll. Heißt im Klartext, kein Einschreiten, kein Befreien der Mädchen und keine Konfrontation mit diesen Typen.

Beobachten, Beweise sammeln, Fotos, Videoaufnahmen, usw. Wenn möglich die Kerle nach der Übergabe der Mädchen verfolgen, um den Standort herauszufinden, wo sie die Mädchen aufbewahren und sie dann weiterverkaufen.

So viel zur Theorie.

Es ist 20:30 Uhr. Alle Vier sind rund um Pier 18 positioniert. Sie sind über ihre Inears miteinander verbunden. Sie haben freien Blick auf die Zufahrt zum Pier und auf die Anlegestelle. Hannah und Tom sind auf dort gelagerte Frachtcontainer geklettert. Von da oben haben sie den besten Überblick.

Miller und Pete sitzen im Auto und richten ihre Kameras von dort aus auf das Geschehen. Sie sind mit einem alten Jeep unterwegs. Der fällt dort weniger auf, als die sonstigen Edelkarossen, mit denen sie so unterwegs sind. Sie haben zwischen zwei Lagerhallen einen geeigneten Platz gefunden, vom dem aus sie alles im Blick haben.

„Sind alle auf Position?" Fragt Pete während er seine Kamera ausrichtet.

„Wir sind hier. Haben freien Blick auf den Pier." Flüstert Tom leise.

„Prima. Dann kann es ja losgehen. Fehlen nur noch die Mistkerle."

Miller schaut Pete überrascht an.

„Mensch Pete, was ist denn mit Dir los? So viel Zorn und Wut in Deiner Stimme, dass kennt man ja gar nicht von Dir."

Pete schüttelt nur den Kopf und sagt mit ernster Stimme.

„Hier geht es ja auch um einiges. Habt Ihr die Bilder der verschleppten Mädchen schon vergessen? Wir müssen diesen Typen unbedingt das Handwerk legen. Wir müssen diese Schweine ausrotten."

„Wow, Pete. So kenne ich Dich ja gar nicht."

Hannah ist ebenfalls überrascht.

„Wieso geht Dir das Ganze so nah? Also, versteh mich nicht falsch. Ich will das Gleiche wie Du. Das wollen wir alle. Aber wir müssen versuchen alle Emotionen aus dieser Sache rauszulassen, damit wir voll konzentriert sind."

Pete sieht zu Miller.

„Ja, Ihr habt ja Recht. Ich will die Sache hier nur nicht vergeigen."

„Das wollen wir alle nicht. Wir kriegen das schon hin." Versucht Miller Pete zu beschwichtigen.

Von da an ist erst mal Funkstille. Alle beobachten diesen Pier 18. Es ist bisher noch niemand zu sehen. Seltsamerweise ist generell wenig los im Hafen. Auch wenn es abends nach 20:00 Uhr ist, hier ist doch eigentlich immer was los. Warum ist es heute so ruhig hier?

Es vergehen weitere endlos wirkende Minuten. Alle sind ruhig und konzentriert. Keiner lässt die Gegend aus dem Blick. Aber nichts passiert. Keine Menschenseele lässt sich hier blicken. Kein Schiff legt an. Nichts. Was ist hier los? Sind die Informationen doch falsch gewesen? Haben die Gangster ihren Plan geändert? Findet die Übergabe gar nicht heute statt? Oder vielleicht ganz wo anders?

Pete tippt wie wild auf seinem Laptop rum. Er überprüft noch einmal seine Informationen. Alles deutet auf diesen Standort hin. Gut, die genaue Zeit und den präzisen Ort hat ihnen Don Pedro geliefert. Spielt er etwa ein falsches Spiel? Hat er Miller mit falschen Daten versorgt?

Es ist mittlerweile kurz vor 21:00 Uhr. Weiterhin ist nichts und niemand zu sehen. Die Vier werden langsam unruhig. Die Stimmung ist angespannt. Warum ist es hier so ruhig? Geht der Plan der Vier nicht auf?

„Auto von Westen." Flüstert Hannah.

„Korrektur. Zwei Autos von Westen."

Zwei dunkele SUVs nähern sich dem Pier. Sie fahren langsam durch die Docks. Abgedunkelte Scheiben, niemand ist zu erkennen. Sie fahren bis zum Pier 18.

„Okay, wir sehen sie jetzt auch." Millers Stimme ist angespannt.

Pete versucht die Kennzeichen zu lesen. Aber die Wagen sind zu weit weg. Es ist zu dunkel.

Die Autos stehen dort genau vor dem Pier, aber niemand steigt aus. Hannah und Tom, die oben auf den Containern ausharren, bewegen sich keinen Zentimeter. Genauso Pete und Miller. Die beiden sitzen wie versteinert in ihrem Wagen und beobachten die Gegend.

Es ist diesig. Die Sicht wird immer schlechter. Nebelschwaden ziehen durch den Hafen. Es ist nicht leicht für die Vier einen guten Blick auf das Geschehen zu bekommen. Aber was für ein Geschehen? Bisher ist noch nichts passiert.

Außer, dass zwei Wagen zu dem Pier gefahren sind. Sonst nichts. Weit und breit kein Schiff, das anlegt, geschweige denn irgendwelche Mädchen sind zu sehen.

Es vergehen weitere Minuten des Wartens. Es kommt ihnen vor, als wären es Stunden. Die Sicht wird immer schlechter.

Hannah und Tom entschließen sich, ihre Position zu verlassen und näher an die verdächtigen Autos heranzukommen. Langsam und vorsichtig ziehen sie den Rückzug an. Sie schleichen von den Containern und suchen einen Weg, näher an Pier 18 heranzukommen. Leichter gesagt als getan, ohne aufzufallen. Auf der anderen Seite können sie den Nebel und die daraus resultierende schlechte Sicht auch für sich nutzen.

Pete und Miller können ihren Standort nicht verlassen, ohne Aufmerksamkeit zu erregen. Es bleibt ihnen nichts Anderes übrig, als dort auszuharren und zu hoffen, dass sie irgendwas erkennen und aufnehmen können.

Als plötzlich ein sonores Geräusch durch den Hafen schallt. Ein Schiff kommt näher. Es ist ein mittelgroßer Frachter. Er steuert auf Pier 18 zu.

Sollte es jetzt also wirklich losgehen? Sind die ganzen Informationen tatsächlich richtig gewesen?

Pete und Miller versuchen mit ihrem Equipment den Frachter ins Visier zu nehmen. Sie schwenken immer wieder zwischen den beiden SUVs und dem eintreffenden Frachter hin und her. Aber die Sicht ist so schlecht, dass fast nichts zu erkennen ist.

Pete wendet sich deshalb an Hannah und Tom:

„Hey Leute. Hört Ihr den Frachter auch? Es scheint loszugehen. Aber wir können von hier aus nichts erkennen. Ihr müsst näher ran und versuchen, eindeutige Aufnahmen zu erhalten."

Einige Sekunden vergehen. Keine Antwort von Tom und Hannah.

„Was ist los? Warum melden die sich nicht?" Fragt Pete Miller besorgt.

„Warte ab, die werden sich schon melden. Vielleicht können die gerade nicht reden."

Pete versucht es erneut. *„Tom, Hannah, könnt Ihr mich hören?"*

Nach weiteren Sekunden meldet sich Tom:

„Leute, entspannt Euch doch mal. Wir sind doch schon auf dem Weg. Wir können aber schlecht von dem Container klettern und mit Euch noch ein kleines Schwätzchen halten. Also Ruhe auf den billigen Plätzen."

„Wir versuchen näher ranzukommen. Wir melden uns wieder, wenn wir eine neue Position haben."

Pete sieht Miller erleichtert an.

Während Hannah und Tom eine Möglichkeit suchen, näher an das Geschehen heranzukommen, legt der Frachter an. Einige Männer machen das Schiff am Pier fest. Sie schauen sich um und gehen dann wieder an Bord.

Die Männer in den SUVs lassen sich immer noch nicht blicken. Auf dem Schiff ist auch keine weitere Bewegung zu sehen. Alles scheint auf irgendwas oder irgendwen zu warten.

Tom und Hannah haben sich getrennt. Zu zweit sind sie zu auffällig. Hannah versucht eine Position am Bug des Schiffes zu finden, von der aus sie einen guten Blick auf die Gangway hat.

Tom schleicht sich hinter den SUVs vorbei, Richtung Heck des Schiffes. Alles gar nicht so einfach, ohne erkannt zu werden. Aber bisher scheint alles glatt zu gehen.

„Bist Du in Position Hannah?"

„Ja, ich bin hier. Habe einen guten Blick. Wie sieht es bei Dir aus?"

„Bin am Heck des Schiffes und habe direkten Blick auf die beiden Autos."

„Prima. Dann könnte es ja langsam mal losgehen. Ist echt arschkalt hier."

Tom lacht leise. *„Jetzt stell Dich mal nicht so an. Wir wissen doch, warum wir das hier machen."*

Plötzlich erscheint ein weiterer Wagen. Eine schwarze Limousine fährt auf das Schiff zu. Der Wagen hält an, die Türen gehen auf und es steigen zwei finster dreinschauende Typen aus. Sie blicken zu den beiden SUVs, nicken kurz und zwei weitere Gestalten steigen aus. Sie gehen aufeinander zu, tauschen sich kurz aus, blicken sich in alle Richtungen um und gehen zu dem Frachter.

Einer der Typen telefoniert und die anderen drei halten weiter Ausschau. Auf dem Frachter kommt Bewegung auf. Die Männer, die das Schiff festgemacht hatten kommen die Gangway runter. Sie begrüßen die anderen Kerle. Man scheint sich zu kennen.

Einer der finsteren Gesellen blickt zu der Limousine, nickt kurz und die hintere Tür öffnet sich. Ein junger Mann, so um die dreißig, steigt aus.

Das scheint wohl der Obermacker zu sein. Recht jung, aber anscheinend hat er was zu sagen.

Zur selben Zeit kommt ein etwas älterer, grauhaariger Mann von dem Frachter. Er geht auf den vermeintlichen Boss zu, reicht ihm die Hand und begrüßt ihn freundlich. Hier treffen anscheinend gerade zwei Bosse aufeinander.

Hannah und Tom filmen das ganze Treffen. Sie müssen schon sehr nah ranzoomen, um auf dem Film etwas zu erkennen. Die Sicht ist so schlecht, dass es schwierig ist, klare Bilder zu erhalten. Aber noch näher ran können die beiden nicht. Es ist so schon sehr gefährlich, entdeckt zu werden.

Pete und Miller haben gar keine Chance irgendwelche verwertbaren Aufnahmen zu machen. Zu schlecht ist die Sicht. Sie sind in ihrem Wagen gefangen. Sie können nicht näher ran, können aber auch nicht aussteigen. Die Laune der beiden ist dementsprechend mies.

Die Menschenhändler stehen immer noch vor dem Schiff und diskutieren miteinander. Die übrigen Gestalten haben das ganze Gelände im Visier. Ein Wunder, dass Tom und Hannah noch nicht aufgeflogen sind. Keiner der beiden sagt auch nur einen Ton. Sie sind voll konzentriert.

Bis auf einmal einige junge Mädchen von dem Schiff geführt werden. Na endlich passiert etwas. Wurde ja auch langsam mal Zeit. Denken sich die Vier.

Einer der finsteren Typen weist den jungen Mädchen den Weg. Was Hannah und Tom aus der Ferne erkennen können, sind es acht Mädchen, im Alter von ca. 14 bis 18 Jahren. Sie sind alle völlig eingeschüchtert, gehen mit gesenktem Kopf die Gangway runter und werden, nach kurzer Begutachtung durch den Boss, zu den SUVs geführt.

Tom flüstert ganz leise in das Inear:

„Hannah, hast Du alles drauf? Ich weiß nicht, wie gut ich die ganze Sache im Kasten haben?"

„Ich denke schon. Jetzt müssen Pete und Miller auf jeden Fall dranbleiben, damit wir wissen, wo sie die Mädchen hinbringen. Habt Ihr mich gehört Jungs? Es geht los."

Miller reagiert als erster.

„Ja, Hannah. Wir sind bereit. Wenn die den Pier verlassen, hängen wir uns dran."

Pete ergänzt. *„Und dieses Mal wird uns keiner abhängen."*

Pete spielt auf die Situation an, als der Stalker im Straßenverkehr entkommen konnte und Hannah auf sich allein gestellt war.

"Schickt mir Eure Videos auf meinen Laptop, damit ich die Mädchen mit der Datenbank von vermissten Personen abgleichen kann."

Pete hofft natürlich, unter anderem, die Nichte von Mister J auf den Bildern zu erkennen. Das wäre sein sehnlichster Wunsch. Na klar, die anderen Mädchen sollen auch befreit werden und zu ihren Familien zurückkehren. Aber die Nichte von Mister J muss unbedingt dabei sein.

Die Mädchen sind verladen, das Schiff legt wieder ab und die drei Fahrzeuge setzen sich in Bewegung. Langsam verschwinden sie in den Nebelschwaden und verlassen die Docks.

Miller und Pete hängen sich dran. Pete erhält derweil die entsprechenden Aufnahmen von Tom und Hannah. Es ist schwer, etwas zu erkennen. Die Dunkelheit, der Nebel, alles erschwert die Identifikation der Mädchen.

"Und, kannst Du was erkennen?" Fragt Miller neugierig.

"Gib mir noch ein paar Sekunden, ich muss noch ein Bildbearbeitungsprogramm durchlaufen lassen."

"Konzentrier Du Dich mal darauf, die Mistkerle nicht zu verlieren."

Hannah und Tom sind in der Zwischenzeit auch in ihr Auto gestiegen und nehmen ebenfalls die Verfolgung auf.

„Hey Leute. Wir sind jetzt auch unterwegs. Wo seid Ihr gerade?"

„Hey Tom. Wir fahren gerade Richtung Brooklyn. Genauer gesagt auf der Church Avenue Richtung Osten."

„Okay, das sagt mir was. Sind gleich da."

Tom holt aus deren Jeep alles raus. Zu zweit die Verfolgung aufnehmen ist auf jeden Fall sicherer.

Pete ist immer noch ganz vertieft in seinen Computer, während Miller versucht nicht zu dicht dran zu bleiben, aber auch nicht zu weit abzufallen. Gar nicht so einfach.

„Äh Leute, wir haben ein Problem." Miller wird nervös. Pete schreckt auf.

„Was ist denn los?" Fragen alle Drei fast gleichzeitig.

„Die SUVs stehen jetzt nebeneinander."

„Na und?"

„Der eine steht auf der Linksabbiegerspur und der andere fährt geradeaus weiter. Welchem sollen wir jetzt folgen?"

Miller ist merklich angespannt. Er will nichts verkehrt machen. Hannah versucht ihn zu beruhigen.

„Okay Miller. Ganz ruhig. Wo steht denn die Limousine? Auf welcher Spur?"

„Auf der, die geradeaus weiterführt."

„Na prima. Dann bleib Du an den beiden Wagen dran und wir versuchen, den anderen SUV einzuholen."

Hannah bleibt in solchen Situationen immer erstaunlich ruhig. Auch damals, als der Stalker sie gekidnappt hat, und die anderen sie aus den Augen verloren hatten, blieb sie ruhig.

„Wo seid ihr jetzt genau?"

„Wir stehen an der Kreuzung Church und Flatbush."

„Prima. Wir sind gleich da. Fahr Du weiter. Wir biegen dann links ab. Wir kriegen den anderen schon."

Miller gibt mächtig Gas. Jetzt hätten sie doch einen schnelleren Wagen gebrauchen können. Der Verkehr ist aber nicht mehr so dicht, so dass sie gleich an der Kreuzung sein müssten.

Miller und Pete sind schon wieder losgefahren. Sie hängen sich an den SUV und die Limousine.

„Miller, fahr nicht zu dicht auf. Es ist so wenig Verkehr, wir fallen noch auf."

Miller antwortet nicht, lässt sich aber ein wenig zurückfallen.

Tom und Hannah haben mittlerweile die Kreuzung erreicht und biegen links auf die Flatbush Avenue ab. Noch haben sie den SUV nicht entdeckt, aber weit weg dürfte er nicht mehr sein.

„Da vorn ist er, glaube ich."

Hannah reckt ihren Hals. Sie versucht, über die anderen Autos hinwegzugucken.

„Ja, das muss er sein. Gleich haben wir ihn eingeholt."

Miller wechselt ein paar Mal die Spur. Er fährt regelrecht Slalom zwischen den anderen Verkehrsteilnehmern.

„Gleich hast Du ihn, gib Gas." Hannah ist schon wieder ganz euphorisch.

Nur noch wenige Meter und sie haben den SUV direkt vor der Nase. Klappt doch wie am Schnürchen, denken sich die beiden.

Gerade in dem Moment, als sie zu dem SUV aufschließen wollen, drängelt sich allerdings ein anderes Fahrzeug dazwischen. Ein schwarzer Van. Hannah und Miller können nichts mehr sehen.

Miller versucht links oder rechts vorbeizufahren, aber keine Chance. An dem Van vorbeischauen geht auch nicht. Dafür hängen sie zu dicht dahinter. Er nimmt ihnen komplett die Sicht.

Miller wird langsam sauer.

„Was ist das denn für ein Vollidiot? Wieso fährt der uns genau vor die Nase? Und warum fährt der nicht schneller. Das kann doch alles nicht wahr sein."

„Hannah, kannst Du den SUV noch sehen?"

Hannah versucht alles. Sie hält sogar den Kopf aus dem Fenster.

„Nein verdammt. Der ist wie vom Erdboden verschluckt. Der war doch eben noch genau vor uns."

Plötzlich bremst der Van, biegt rechts ab und die Sicht ist wieder frei. Aber von dem SUV ist weit und breit nichts zu sehen.

Gehörte der Van etwa zu den Gangstern? War das ganz bewusst so gemacht? Sind die Vier etwa aufgeflogen? Eigentlich kann das nicht sein. Sie waren doch so vorsichtig. Keiner hatte sie am Pier bemerkt. Und die Verfolgung durch Pete und Miller dürfte eigentlich auch nicht aufgefallen sein. Was war da also los?

Tom informiert die anderen über die Situation.

„Hey, wir haben den SUV verloren. Uns hat sich ein fetter Van vor die Nase gesetzt und wir hatten keine Chance, den Wagen weiter zu verfolgen."

„Wie ist die Lage bei Euch? Seid Ihr noch dran?"

Während Hannah und Tom auf eine Antwort von Miller und Pete warten, halten sie weiter Ausschau nach dem SUV. Aber er ist nicht mehr zu sehen. Wie vom Erdboden verschluckt.

Miller antwortet nach einer kurzen Weile.

„Das ist echt scheiße. Ja, wir sind noch dran. Wie konnte das passieren?"

Miller muss sich auf den SUV, die Limousine und den anderen Verkehr konzentrieren. Dort scheint alles nach Plan zu laufen.

„Wir hatten keine Chance. Dieser Van ist uns direkt vors Auto gefahren und wir konnten nicht nach rechts oder links ausweichen. Weit weg kann er aber nicht sein. Wir suchen weiter."

Hannah ist sauer. Tom und sie sehen in jede Seitenstraße, gucken nach vorn, nach hinten. Kein SUV zu sehen.

Auf einmal knallt und scheppert es in den Inears von Miller und Pete. Ein tosender Lärm von zerberstendem Metall und klirrenden Scheiben. Beide sind wie versteinert.

"Hannah, Tom? Bei Euch alles okay...?"

Keine Antwort.

"Hannah. Tom. Meldet Euch. Seid Ihr da?"

Immer noch keine Antwort.

Pete und Miller schauen sich verzweifelt an. Was ist da los? Es vergehen ein paar Sekunden.

"Ich höre Euch nicht. Da sind nur irgendwelche Geräusche und Sirenen zu hören. Ist bei Euch alles in Ordnung? Redet mit uns."

Hannah und Tom können nicht antworten. Wie aus dem nichts ist der Van, der gerade noch vor ihnen war und ihnen die Sicht genommen hat, aus einer Seitenstraße geschossen und hat ihren Wagen mit voller Geschwindigkeit gerammt. Und zwar so heftig, dass sie mit ihrem Fahrzeug auf die andere Straßenseite geschoben wurden. Die Beifahrerseite hat es am schlimmsten erwischt. Völlig zerbeult und eingedrückt.

Es ist die Seite auf der Hannah sitzt.

Beide sitzen bewusstlos in ihrem Wagen. Passanten eilen herbei, um Hilfe zu leisten. Der Van hat ruckzuck den Rückwärtsgang eingelegt und ist davongefahren. Die herbeigeeilten Passanten versuchen Tom und Hannah aus dem Auto zu holen. Bei Tom gelingt das ganz gut. Er hat eine Platzwunde an der linken Schläfe und ist bewusstlos. Aber zwei Männer können ihn aus seinem Auto befreien.

Bei Hannah ist das nicht ganz so leicht. Sie scheint eingeklemmt zu sein. Sie war, genauso wie Tom natürlich angeschnallt, aber durch die Wucht des Aufpralls hat sich die ganze Karosserie nach innen gedrückt und Hannah somit eingeklemmt.

Die Helfer kommen nicht an sie ran. Einer der Passanten ruft den anderen zu, sie sollen doch auf die Feuerwehr warten, sie wäre unterwegs.

Tom ist ebenfalls noch bewusstlos. Er wurde auf den Bürgersteig gelegt. Einer hat ihm seine Jacke unter den Kopf gelegt und ein anderer versucht die Blutung am Kopf zu stoppen.

Die Sirenen kommen immer näher. Die Rettungssanitäter und die Feuerwehr sind schon in Sichtweite.

Genau diese ganzen Geräusche hören Pete und Miller durch die Inears.

Sie sind immer noch völlig geschockt. Keiner der beiden kann einen klaren Gedanken fassen. Was sollen sie jetzt tun? Die zwei Wagen weiterverfolgen? Oder sollen sie alles abbrechen und zu Hannah und Tom fahren, um nach ihnen zu sehen?

Es steht viel auf dem Spiel. Aber ist das wichtiger, als die Gesundheit ihrer Freunde?

Pete sieht Miller an. Der guckt wie versteinert zurück. Es ist klar, was zu tun ist. Die ganzen Geräusche, die Sirenen und dass keine Rückmeldung von Hannah und Tom kommt, all das ist ein klares Zeichen dafür, dass etwas Schlimmes passiert sein muss.

Und genau deshalb wendet Miller den Wagen. Die Verfolgung wird abgebrochen. Sie eilen zu dem Punkt an dem sie die beiden vermuten. Sie brauchen gar nicht weit zu fahren, da sehen sie schon die Katastrophe.

Pete und Millers Befürchtungen werden leider bestätigt. Sie sehen eine Menschenmenge, die sich um das Wrack von Tom und Hannah aufgebaut hat. Das, was sie von dem Wagen erkennen können, lässt nichts Gutes erahnen. Sie halten an, steigen aus und rennen zu dem völlig demolierten Auto. Sie sehen, dass Tom auf dem Bürgersteig liegt und dass Hannah immer noch in dem Wagen sitzt.

Pete eilt zu Tom. Miller rennt zu Hannah.

„Gehen Sie zur Seite. Ich kenne die Frau."

Miller versucht mit aller Kraft die Beifahrertür aufzureißen. Aber keine Chance. Durch den Aufprall hat sich alles so ineinander verhakt, dass auch er keine Möglichkeit hat, Hannah zu befreien.

Er geht zur Fahrerseite und versucht es von dort.

„Hannah, kannst Du mich hören?"

„Hannah, komm schon, mach die Augen auf. Ich bin da."

Keine Reaktion. Sie ist immer noch bewusstlos.

Miller lehnt ich zu ihr rüber, fühlt ihren Puls. Sie lebt noch. Aber auch sie blutet. Eine Wunde an der rechten Schläfe und am Hinterkopf. Zusätzlich ist ihr rechtes Bein eingeklemmt.

Pete ruft vom Bürgersteig ganz aufgeregt:

„Miller, wie geht es Hannah? Ist alles okay?"

„Nein, nichts ist okay. Sie ist bewusstlos, aber sie hat Puls. Wir müssen sie hier irgendwie rausbekommen."

„Was ist mit Tom? Wie geht es ihm?"

„Er ist gerade zu sich gekommen."

In dem Moment treffen die Feuerwehr und der Rettungswagen ein. Die Leute machen sich schnell einen Überblick von der ganzen Sache und rücken dann mit schwerem Gerät an, um Hannah aus dem Auto zu befreien. Derweil kümmert sich ein Notarzt um Tom.

Seine blutende Wunde wird versorgt. Ihm geht es schon wieder besser. Zumindest ist er bei Bewusstsein. Im Gegensatz zu Hannah.

Tom will zum Auto, aber die Sanitäter halten ihn fest. Auch Pete und Miller werden von den Feuerwehrleuten zur Seite gedrängt. Jetzt müssen die Profis ran. Ihnen bleibt nichts anderes übrig, als zu warten und zu hoffen.

Die Polizei ist natürlich auch vor Ort. Sie befragen schon die Passanten, wer was gesehen hat. Sie werden auch Tom befragen. Aber was soll der schon sagen? Er wird natürlich nur sagen, dass sie wie aus dem Nichts von diesem Van gerammt wurden.

Die Männer der Feuerwehr haben in der Zwischenzeit die Beifahrertür aufgesägt. Hannah befindet sich aber immer noch im Fahrzeug. Sie müssen vorsichtig sein. Ihr Bein ist ja noch eingeklemmt. Vorsichtig versucht einer der Männer die Metallteile zu entfernen. Langsam wird das Bein freigelegt. Stück für Stück gelingt es, Hannah aus dem Wrack zu befreien.

Eine Trage und die Sanitäter stehen bereit. Hannah ist immer noch bewusstlos. Kein gutes Zeichen. Sie wird sofort in das nächste Krankenhaus gebracht.

„Wo bringen Sie sie hin?" Fragt Miller aufgeregt.

„Ins NYC Hospital. Sind Sie ein Angehöriger? Wollen Sie mitfahren?"

„Nein. Also ich bin ein Freund. Aber ja, klar fahre ich mit."

Tom wird ebenfalls in dasselbe Krankenhaus gebracht. Pete fährt mit dem Wagen hinterher. Ein Streifenwagen begleitet die Krankenwagen, da sie natürlich von den beiden Fahrzeuginsassen eine Aussage brauchen, was dort passiert ist.

Tom hat sein Inear herausgenommen. Auch Hannah hat es nicht mehr in ihrem Ohr. Bevor die Rettungskräfte eintrafen, hat Miller es an sich genommen. Besser ist das. Bevor unangenehme Fragen der Polizei kommen.

Aber jetzt ist es erst mal wichtig, dass Hannah zu sich kommt und sie keine bleibenden Schäden davonträgt. Alles andere ist zweitrangig.

Die Fahrt dauert nicht lange. Das Krankenhaus ist nicht weit entfernt. Mit Sirenen rauschen die Krankenwagen durch die Straßen.

Pete folgt ihnen. Er versucht Mister J zu erreichen, aber der antwortet nicht. Er war den ganzen Abend nicht über Funk zu hören. Normalerweise ist er immer mit dabei. Oder zumindest hört er zu. Pete versucht es erneut. Keine Reaktion.

Am Krankenhaus angekommen stellt Pete den Wagen auf dem Besucherparkplatz ab und eilt in das Krankenhaus. Tom kann schon wieder eigenständig laufen. Er hält ein Tuch an seinen Kopf. Die Blutung hat langsam aufgehört. Hannah wird auf der Trage in die Intensivstation gefahren.

Die Ärzte erhalten von den Rettungssanitätern die nötigen Informationen und dann verschwinden sie mit Hannah hinter einer Glastür. Durchgang verboten. Auch Miller und Pete müssen draußen bleiben. Es bleibt ihnen nichts anderes übrig, als zu warten.

Tom wird ambulant behandelt. Pete und Miller nehmen im Warteraum Platz. Wobei Miller eher wie ein Tiger im Käfig auf und ab läuft. Er kann sich jetzt nicht hinsetzen. Er will wissen, wie es Hannah geht. Das will Pete natürlich auch. Aber der ist ein ganz anderer Typ. Er ist eher rational veranlagt. Er sitzt schon wieder vor seinem Laptop und grübelt, wie das Ganze passieren konnte.

Wo sind sie aufgeflogen? Wie konnte das passieren?

Er tippt wie wild auf seiner Tastatur rum. Er schaut sich die Videos, die Hannah und Tom am Hafen gemacht haben, nochmal an. Ist dort vielleicht irgendetwas zu erkennen?

Aber er kann nichts entdecken. Er ist ratlos. Aber warum wurde gerade deren Wagen gerammt? Warum nicht das Auto, in dem Pete und Miller saßen? Irgendwas ist seltsam an der ganzen Sache. Er kann sich nur noch nicht erklären, was es ist.

In der Zwischenzeit kümmern sich die Ärzte weiter fieberhaft um Hannah. Sie wird an verschiedene Geräte angeschlossen und eingehend untersucht.

Miller läuft immer noch auf und ab. Als Tom plötzlich um die Ecke kommt. Miller rennt auf ihn zu, umarmt ihn und freut sich.

„Alter Schwede, Du hast auch schon mal besser ausgesehen."

Tom versucht zu lachen, aber dabei tut ihm alles weh.

„Ich freue mich auch, Dich zu sehen."

„Was haben die Ärzte gesagt? Wie geht es Dir?"

„Nur eine heftige Gehirnerschütterung, eine Platzwunde und ein paar Prellungen. Alles halb so wild."

„Aber was ist mit Hannah? Wie geht es ihr?"

Millers Gesichtsausdruck wird schlagartig finster.

„Ich habe keine Ahnung. Die wollen uns nichts sagen. Sie wird gerade untersucht."

Pete guckt von seinem Laptop hoch.

„Hast Du irgendwas oder irgendwen erkennen können?"

Tom schüttelt den Kopf und merkt dabei, wie sehr ihm der Schädel brummt.

„Ich muss mich erst mal setzen. Nein Pete, ich habe nichts erkennen können. Der Wagen kam wie aus dem Nichts. Er war zwar die ganze Zeit vor uns, aber er hatte kein Nummernschild. Das hätte mir schon zu denken geben müssen."

Miller versucht ihn zu beruhigen.

„Mach Dir mal keinen Kopf, Dich trifft keine Schuld."

„Tolles Wortspiel, Miller."

Beide lachen und sind für einen kurzen Moment abgelenkt. Aber schnell kommt der Gedanke an Hannah wieder zurück. Schon wieder trifft es sie. Erst die Entführung beim letzten Fall. Und jetzt diese Sache.

Nach ewig wirkenden Minuten geht die Tür der Notaufnahme auf und ein zuständiger Arzt kommt heraus. Er informiert die Drei über Hannahs Zustand. Sie ist wach, kann sich aber an nichts erinnern. Sie weiß nur noch, dass sie mit Tom im Auto unterwegs war. Mehr nicht.

Ihr Gesundheitszustand ist kritisch, aber nicht lebensbedrohlich. Sie hat keine inneren Verletzungen. Eine sehr heftige Gehirnerschütterung und einige Quetschungen und Prellungen an den Beinen und am Oberkörper. Sie wird die Nacht auf der Intensivstation bleiben und wenn alles normal verläuft, kann sie morgen entlassen werden.

Pete, Tom und Miller sind alle erleichtert. Sie hatten schon mit dem Schlimmsten gerechnet. Aber diese Nachricht lässt sie wieder aufatmen. Sie bedanken sich bei dem Doktor. Dieser will gerade wieder gehen, da dreht er sich nochmal um.

„Ach, das hätte ich fast vergessen. Das hier haben wir an ihrem Nacken gefunden. Wir wussten nicht, was das ist. Haben Sie eine Ahnung, was das sein könnte?"

Er hält den Jungs eine Art Mikrochip oder so was in der Art hin. Es sieht aus wie ein kleines Pflaster mit einer Art Sender.

Pete schaltet am schnellsten.

„Ja, das ist eine meiner Erfindungen. Wir testen gerade eine Art GPS für Menschen. Das können Sie mir geben, dann kann ich die Daten auswerten."

Er hält die Hand auf und hofft, dass der Doc ihm diesen Chip übergibt. Dieser schaut etwas fragend, als Miller zu ihm sagt:

„Ist schon okay Doc. Er ist unser Supernerd. Hannah wusste darüber bescheid."

Er zögert noch kurz, aber dann übergibt er Pete den Chip. Gerade noch rechtzeitig. Denn genau in dem Moment, als der Doc wieder auf seine Station geht, biegen zwei Polizisten um die Ecke. Sie brauchen noch die Aussage von Tom.

Miller und Pete verlassen das Krankenhaus. Tom wird mit den Cops schon alleine klarkommen. Ist schließlich nicht das erste Mal, dass er verhört wird. In diesem Fall aber ja nur als Zeuge, beziehungsweise als Beteiligter.

Tom macht seine Aussage. Miller und Pete warten vor dem Krankenhaus auf Tom und fahren dann gemeinsam zurück ins Loft. Hannah wird die Nacht im Krankenhaus verbringen. Sie durfte keinen Besuch haben. Natürlich wollten alle zu ihr rein, aber der Arzt hat das nicht erlaubt.

Sie braucht jetzt absolute Ruhe. Die Jungs werden sie morgen abholen. Auf der Fahrt wird kein Wort gesprochen. Alle müssen diesen Abend erst mal verarbeiten. Miller fährt. Tom sitzt hinten und versucht sich zu entspannen. Und Pete hat diesen seltsamen Chip in der Hand. Er starrt regungslos darauf. So etwas hat er noch nicht gesehen. Aber viel wichtiger, wo kommt dieses Ding her? Und warum hat Hannah es auf dem Nacken gehabt?

Gibt es einen Verräter in den eigenen Reihen?

WUNDEN

Nachdem Pete, Tom und Miller im Loft angekommen sind, begibt sich Pete sofort auf die Suche nach Informationen über diesen GPS-Chip. Wo stammt er her? Wer verwendet solche Dinger? Und am allerwichtigsten, wieso hatte Hannah dieses Teil an ihrem Körper?

Miller ist immer noch in Sorge um Hannah. Auch wenn der Arzt gesagt hat, es wäre nichts Schlimmeres, er würde es gern von ihr selbst hören.

Tom geht erst mal in das Ankleidezimmer, holt sich ein paar neue Klamotten und verschwindet im Badezimmer.

„Immer trifft es Hannah!" Redet Miller vor sich hin.

„Das kann doch nicht wahr sein. Letztes Mal muss sie sich gegen den Stalker wehren und wäre dabei fast draufgegangen. Heute fährt der Wagen genau in die Seite, auf der sich Hannah befindet. Warum sind dieser Schweine nicht in unser Auto gefahren? Hätten die doch lieber mich erwischt."

Er steht in der Küche und redet vor sich hin. Pete hört das Ganze zwar, reagiert aber nicht darauf. Er sucht weiter nach Hinweisen für die „Wanze".

Als Tom aus dem Badezimmer kommt, geht er auf Miller zu.

„Du kannst mir eines glauben, ich wäre jetzt lieber an ihrer Stelle."

Tom hat Millers Selbstgespräche gehört.

„Darum geht es doch gar nicht. Ich würde auch sofort ihre Schmerzen übernehmen. Dieser Mist passiert irgendwie immer ihr. Gerade ihr, die sie doch immer so positiv ist. Die so schnell nichts aus der Ruhe bringt."

Pete ruft die beiden zu sich.

„Leute, kommt mal her. Ich habe da etwas rausgefunden."

Miller und Tom versammeln sich um Pete.

„Bevor Du anfängst Pete, hat eigentlich jemand etwas von Mister J gehört?"

Alle schauen sich an. Nein, keiner hat etwas von ihm gehört. Keine Reaktion auf die versuchte Kontaktaufnahme von Pete. Schon seltsam.

„Damit beschäftigen wir uns gleich. Ich will Euch erst mal zeigen, was ich rausgefunden habe. Ich habe diesen GPS Chip an meinen Rechner angeschlossen und versucht herauszufinden, wo er Hannah angelegt wurde."

„Und was hast Du herausgefunden?"

„Laut der Daten, die sich auf diesem Chip befinden, wurde er das erste Mal in Hell's Kitchen aktiviert. Und zwar gestern."

In Hell's Kitchen also. Dort waren Hannah und Tom gestern, als FBI Agents getarnt, unterwegs. Sie waren auf Spurensuche wegen des Kidnappings des jungen Mädchens.

Miller blickt fragend zu Tom.

„Was fällt Dir dazu ein, Tom? Du warst die ganze Zeit mit ihr zusammen. Wer könnte ihr diesen Chip heimlich untergejubelt haben?"

„Ich überlege ja schon. Den ersten Kontakt hatten wir mit den beiden Cops. Die waren mir von Anfang an sehr suspekt. Warte mal. Die haben wir zweimal getroffen. Als wir mit dem jungen Mädchen, mit Amber gesprochen haben, da tauchten die beiden Vögel auch wieder auf."

„Und? Hatten die eine Gelegenheit, so nah an Hannah heranzukommen, dass sie ihr unbemerkt diesen Chip anheften konnten?"

Tom geht in Gedanken noch einmal alle Situationen durch. Das erste Treffen auf dem Bürgersteig. An der Stelle, an der das Mädchen entführt wurde.

Das zweite Treffen in der schmalen Gasse hinter der Hauptstraße.

„Ich bin mir ziemlich sicher, dass die keine Möglichkeit hatten, so nah an Hannah heranzukommen."

Pete wundert sich.

„Bist Du Dir sicher, Tom? Irgendwie muss dieser Chip ja an ihr festgemacht worden sein. Warst Du wirklich die ganze Zeit mit ihr zusammen?"

Tom geht Augenblick für Augenblick durch.

„Nein. Sie ist dem Mädchen hinterhergelaufen. Ich bin mit dem Wagen von der anderen Richtung gekommen. Da war sie einige Minuten allein."

„Aber ich kann mir nicht vorstellen, dass sie das nicht bemerkt hätte, wenn ihr irgendein Fremder zu nahegekommen wäre."

Miller bestätigt das.

„Das glaube ich auch nicht. Hannah ist dafür zu schlau und zu wachsam. Das hätte sie bemerkt."

Alle sind am Grübeln. Sie wollen oder besser sie müssen unbedingt herausfinden, wer Hannah diesen Chip angesteckt hat.

Sie können ja von Glück reden, dass der Arzt das Ding erstens entdeckt und zweitens, es ihnen auch ausgehändigt hat. Er hätte es ja auch der Polizei übergeben können.

„Tom, denk nochmal nach. Ist dir irgendwas seltsam vorgekommen? Fällt Dir noch irgendwas ein?"

„Leute, ich denke ja schon nach. Mir brummt sowieso schon der Schädel. Ich kann mich gar nicht mehr richtig konzentrieren."

Pete versucht Miller zu beschwichtigen.

„Miller, lass ihm ein paar Minuten. Er hatte gerade einen heftigen Crash. Vielleicht fällt ihm ja gleich noch etwas ein."

Miller nickt und geht in den Wohnbereich. Er ist immer noch unter Strom. Er will unbedingt wissen, wer ihnen das angetan hat. Alle wollen das wissen. Als Tom plötzlich eine Idee kommt.

„Ich habe da eine Vermutung. Aber nein, das kann eigentlich nicht sein."

„Raus damit. Auch wenn es Dir noch so absurd vorkommt."

„Ich war in der Zeit, als Hannah mit Amber geredet hat, zwar in ihrer Nähe."

„Aber ich habe die beiden nicht gesehen. Erst, als sie aus dem Keller, die Treppe hochgekommen sind, erst da habe ich beide im Blick gehabt."

„Und das leider auch nicht immer. Denn ich musste ja Ausschau halten, ob die beiden Cops wieder auftauchen."

Kann das sein? Ist es möglich, dass Amber, dieses weinende, ängstlich wirkende junge Mädchen, dass sie Hannah diesen Chip angeheftet hat? Oder war es doch einer der Cops? Möglicherweise war es doch ein Fremder, ein Passant, der mit Hannah zusammengestoßen war, als sie hinter Amber hergerannt war.

Aktuell sind das alles Spekulationen. Es gibt keine Beweise für die eine oder andere Vermutung. Vielleicht kann Hannah Aufschluss geben, wo sie wann mit wem Kontakt hatte.

Die drei Jungs werden diese Nacht kein Auge zumachen. Aber die Nacht ist auch nicht mehr lang.

Am nächsten Morgen machen sich alle drei auf den Weg, Hannah aus dem Krankenhaus abzuholen. Sie hatten zuerst überlegt, ob nur einer fährt, konnten sich aber nicht einig werden, wer es sein soll. Also fahren sie alle hin. Hannah wird sich freuen.

Im Krankenhaus angekommen, kommt ihnen der Arzt, der gestern Nacht schon mit ihnen gesprochen hat, entgegen. Er begrüßt die Jungs und sagt ihnen, dass es Hannah den Umständen entsprechend gut geht. Sie wird heute entlassen, braucht allerdings noch einige Zeit Ruhe und Erholung.

Ruhe und Erholung sind für Hannah eigentlich Fremdwörter. Sie, die immer in Action ist, wird es schwer haben, sich ruhig irgendwo auf die Couch zu legen und die anderen ihre Arbeit machen zu lassen. Genau das ahnen die Drei auch schon. Aber jetzt nehmen sie sie erst mal mit nach Hause. Oder besser gesagt, mit ins Loft. Aber das ist ja für die Vier fast schon ein zweites Zuhause geworden.

Die Tür geht auf und Hannah kommt heraus. Sie sieht ganz schön lädiert aus. Eine leicht geschwollene rechte Gesichtshälfte, ein paar blaue Flecken, die Haare auf halb acht und auf Krücken humpelnd kommt sie auf die drei Jungs zu.

Eigentlich möchte Miller sofort losstürmen, aber er hält sich zurück, da Tom mit ihr unterwegs war und sie als erstes in den Arm nimmt.

„Mensch Hannah, es tut mir so leid. Ich hätte den Wagen sehen müssen."

Tom lässt Hannah gar nicht mehr los.

„Mach Dir bitte keine Vorwürfe. Du konntest nichts machen. Dich trifft keine Schuld. Ist ja alles nochmal gut gegangen. Wie geht es Dir denn?"

„Alles okay. Aber viel wichtiger, wie fühlst Du Dich? Der Arzt sagt, es ist nichts Schlimmeres, aber Du sollst Dich die nächste Zeit schonen."

Hannah verdreht die Augen.

„Ja klar. Der hat gut reden. Wir müssen die Schweine schnappen, die das getan haben. Nicht für uns, für die Mädchen."

Sie ist sauer. Richtig geladen. Sie ist nun mal Perfektionistin. Sie will, dass alles funktioniert. Und sie will diese Mädchen befreien. Sie hat schließlich mit eigenen Augen gesehen, wie verängstigt diese jungen, unschuldigen Mädchen waren.

Tom und Miller nehmen Hannah auch in den Arm. Sie freuen sich, dass sie wieder auf den Beinen ist. Auch wenn es erst mal eingeschränkt ist.

Miller frotzelt direkt wieder rum.

„Hey Hannah, hast auch schon mal besser ausgesehen. Wenn wir im Loft sind, gibt es erst mal ein paar Vitamindrinks."

„Ich freue mich auch Dich zu sehen."

Sagt Hannah leicht süffisant. Ihr fehlt die Kraft, um Kontra zu geben. Aber sie weiß ja, wie Miller das meint. Sie ist das nicht anders gewohnt. Beide piesacken sich die ganze Zeit. Das gehört bei denen einfach dazu.

Pete ergreift das Wort.

„Okay, genug der Gefühlsduselei. Lasst uns Hannah hier wegbringen. Wir haben einiges zu besprechen."

Während der Fahrt zurück ins Loft, erzählen sie Hannah von den Erkenntnissen der letzten Nacht. Hannah ist verwundert. Sie kann sich nicht erklären, wie dieser Chip bei ihr gelandet sein soll.

Im Loft angekommen setzt sich Hannah erst mal auf die Couch und denkt nach. Sie versucht alles noch mal durchzugehen. Den Tag mit Tom. Die beiden Cops. Das Gespräch mit Amber. Aber sie kommt auf kein Ergebnis. Sie kann sich einfach nicht erklären, wie das passiert sein soll.

Gibt es vielleicht sogar einen Verräter in den eigenen Reihen?

Und was ist mit Mister J? Warum meldet der sich eigentlich nicht? Er müsste doch schon längst von dem Unfall erfahren haben. Normalerweise ist er sofort im Ohr und erkundigt sich.

Der Stachel sitzt tief. Die Stimmung ist geknickt. Natürlich sind alle froh, dass Hannah und Tom einigermaßen glimpflich aus dieser ganzen Sache rausgekommen sind. Allerdings war die ganze Vorarbeit, die Überwachung am Hafen, alles war umsonst.

Die Menschenhändler wissen jetzt, dass sie verfolgt wurden. Sie werden noch vorsichtiger sein und die Mädchen wahrscheinlich schnell wieder loswerden wollen. Oder werden sie eventuell sogar zu einem Gegenschlag ausholen? Wenn der Chip sie zu Hannah und Tom geführt hat, dann wird er ihnen auch verraten haben, wo sich die Vier aufhalten. Dann ist das Loft auch nicht mehr sicher.

Don Pedro hatte Miller ja gewarnt. Mit diesen Kerlen ist nicht zu spaßen, die gehen über Leichen. Das haben die Vier jetzt am eigenen Leib erlebt.

Wie sollen sie jetzt weiter vorgehen? Wie sollen sie die Mädchen befreien? Und wie sollen sie die Nichte von Mister J aus der Gefangenschaft holen? Mal abgesehen davon, dass nur Pete über diese Sache bescheid weiß.

Hannah, Tom und Miller diskutieren immer noch darüber, wer ihr den Chip gegeben haben könnte. Pete sitzt, wie fast immer, vor seinem Computer. Er beteiligt sich ungern an Diskussionen. Er ist eher ein Mann der Fakten.

Er versucht, noch irgendwie weitere Informationen durch oder über diesen Chip zu bekommen. Er hat allerdings bei der ganzen Hektik völlig vergessen, dass er ja die Identität von Mister J offenlegen könnte.

Aber was ist jetzt wichtiger? Dessen Identität oder die Befreiung der Mädchen? Obwohl das eine das andere ja nicht ausschließt. Und sind sich die Vier der möglichen Gefahren überhaupt bewusst? Sind sie in dem Loft noch sicher?

Viele Fragen, wenige Antworten. Die Unterstützung von Mister J wäre an dieser Stelle nicht schlecht. Er könnte mit seiner Erfahrung und seinen Möglichkeiten vielleicht etwas zur Ruhe beitragen. Nur, wenn er keinen Kontakt aufnimmt, wird das etwas schwierig werden.

Da kommt Pete plötzlich eine Idee. Er geht zu den anderen in den Wohnbereich.

„Hey Leute, mir kommen da gerade ein paar seltsame Gedanken in den Sinn. Mal unabhängig davon, wer Hannah diesen Chip gegeben hat, was ist, wenn Mister J in Schwierigkeiten steckt?"

Schweigen im Raum. Alle schauen Pete an und wundern sich über dessen Frage.

„Ihr braucht gar nicht so komisch zu gucken. Es kann doch sein."

„Wieso sollte ausgerechnet Mister J in Schwierigkeiten sein?"

„Das kann ich Dir nicht so einfach beantworten Tom."

„Wieso nicht? Wenn Du schon mit dieser These kommst, dann wirst Du doch Deine Gründe dafür haben."

Pete merkt gerade, dass er ein Problem hat. Manchmal wäre es besser, erst nachzudenken und dann zu reden. Denn jetzt muss er den anderen sagen, was er weiß und das heißt, sie würden erfahren, dass er ihnen Dinge verheimlicht hat.

Auch Miller wartet auf eine Antwort.

„Jetzt schieß schon los, Pete. Was geht Dir durch den Kopf?"

Pete ist hin und her gerissen. Auf der einen Seite hat er das Gefühl, dass Mister J auf eigene Faust aktiv geworden ist. Schließlich geht es ja um seine Nichte. Auf der anderen Seite hat er ein schlechtes Gewissen den anderen gegenüber.

Alle schauen ihn erwartungsvoll an.

„Also, ich muss Euch da was gestehen."

Pete holt tief Luft.

„Ich habe Informationen, die Ihr nicht habt."

„Okay, jetzt bin ich aber mal gespannt." Sagt Hannah mit besorgter Stimme.

„Als wir uns das erste Mal nach langer Zeit wieder hier getroffen haben, war ich schon eine Stunde vor Euch hier."

„Mister J hatte mich allein hierhin bestellt, weil es nicht nur um diese Mädchen generell geht, sondern er einen persönlichen Bezug zu dem ganzen Fall hat."

Miller wird langsam sauer.

„Mensch Pete, jetzt rede doch nicht um den heißen Brei herum. Sag einfach was Sache ist."

„Mister J hat die Befürchtung, dass seine Nichte Nicki Opfer der Menschenhändler geworden ist."

Wow, das hat gesessen. Die anderen sind platt. Damit hätten sie jetzt nicht gerechnet. Alle sind sprachlos.

„Ich sollte Euch erst mal noch nichts davon erzählen. Das war seine Bitte an mich."

Die Drei sind immer noch ganz perplex. Das erklärt vielleicht wirklich, warum Mister J sich seit Tagen nicht mehr gemeldet hat.

Pete steht da mitten im Raum und wartet auf eine Reaktion seiner Mitstreiter.

Miller reagiert als erster.

„Das heißt doch mit anderen Worten, wenn er Dich beauftragt hat, konkret nach seiner Nichte zu suchen, dann musst Du doch wissen, wer Mister J ist, oder?"

„Grundsätzlich hast Du Recht. Ich müsste es wissen. Aber ob Ihr mir glaubt oder nicht, ich bin bisher noch nicht dazu gekommen, seine wahre Identität herauszufinden."

Jetzt wird Hannah sauer.

„Du verarschst uns doch jetzt. Du willst mir doch nicht sagen, dass Du noch nicht die Möglichkeit hattest, auf Deinen Tasten rumzudrücken und herauszufinden, wer Mister J wirklich ist? Das kann doch nicht Dein Ernst sein?"

„Leute, Leute, entspannt Euch mal alle." Tom versucht die Gemüter wieder zu beruhigen.

„Wenn er uns jetzt schon alles gesteht, warum sollte er uns dann noch etwas verheimlichen?"

„Okay, mal angenommen er sagt die Wahrheit, dann heißt das doch, dass wir jetzt alle zusammen erfahren können, wer hinter dieser mysteriösen Stimme steckt, oder?"

„Du hast es erfasst, Hannah. Das wolltest Du doch die ganze Zeit."

Jetzt ist also die Chance da, auf die Hannah schon monatelang gewartet hat. Sie war ja diejenige, die Mister J immer wieder darauf angesprochen hat. Sie wollte unbedingt wissen, wer hinter dieser Stimme steckt. Jetzt ist es soweit. Sie können den Schleier lüften.

Alle stehen um Pete und seinen Computer herum. Keiner sagt mehr etwas. Pete schaut in jedes einzelne Gesicht. Irgendwie hat er ein mulmiges Gefühl. Nicht, weil er den anderen nicht die Wahrheit gesagt hat, nein, er hat eher ein mulmiges Gefühl, gleich wirklich zu wissen, wer Mister J ist.

Vielleicht ist ja gut so wie es ist. Möglicherweise soll es ja so sein. Kann ja sein, dass das alles verändert. Aber wie soll er Mister J's Nichte finden, ohne dessen Identität zu erfahren? Er wendet sich deshalb noch mal an alle, bevor er die entscheidenden Tasten drückt.

„Seid Ihr Euch wirklich sicher, dass Ihr das wollt?"

„Es wird sich dadurch einiges verändern. Seid Euch darüber im Klaren."

Pete sieht wie Miller zu Tom und danach zu Hannah schaut. Alle schauen sich fragend an. Wollen Sie das wirklich? Hannah, die wissbegierige, sie will es auf jeden Fall wissen.

Und auch Tom und Miller sind dafür, zu erfahren, wer hinter dieser ganzen Nummer steckt. Also nicken alle Pete zu und warten darauf, dass er die nötigen Informationen seinem Computer entlockt.

„Okay, Ihr habt es so gewollt."

Gerade als Pete aktiv werden will, schrillen plötzlich grelle Sirenengeräusche durch das Loft. Alle zucken erschrocken zusammen.

„Was zum Geier ist denn hier los?"

Die großen Bildschirme an der Wand gehen an. Sie zeigen den Eingangsbereich des Hauses. Verschiedene Blickwinkel ermöglichen freie Sicht auf die Eingangstür an der Straße. Dort stehen vier furchteinflößende Gestalten. Sie mustern die Namen an den Klingeln. Sie reden miteinander und gestikulieren wild.

Ein anderer Monitor zeigt den Fahrstuhl und wiederum ein anderer ermöglicht den Blick auf die Wohnungstür. Die Sirenen haben aufgehört. Aber der Schreck sitzt ihnen noch in den Knochen.

Es ist also das eingetreten, was jeder versucht hatte zu verdrängen. Die Menschenhändler haben tatsächlich die Unterkunft der Vier ausfindig gemacht. Jetzt haben sie ein Problem. Und zwar ein richtig großes Problem.

Pete fasst als erster wieder einen klaren Gedanken.

"Okay, beruhigt Euch mal. So wie es aussieht, wissen die zwar, dass wir uns hier aufhalten, aber sie haben keine Ahnung in welcher Wohnung wir uns befinden."

"Na prima. Aber das ist doch nur eine Frage der Zeit, bis die das herausfinden."

Hannah ist sichtlich nervös. Der Unfall und die Folgen haben ihr schon ganz schön zugesetzt. Sie will nicht noch eine Begegnung mit diesen Typen. Auf jeden Fall nicht so. Sie kann es in ihrem Zustand auf gar keinen Fall mit vier Gangstern alleine aufnehmen.

"Genau diese Zeit, die wir haben, sollten wir jetzt nutzen." Miller sieht zu Hannah, während er das sagt.

Sie guckt etwas verwundert. Was meint er jetzt damit?

"Nein Hannah, nicht das was Du jetzt denkst." Er grinst genüsslich. *"Wir müssen uns überlegen, wie wir hier heil und an einem Stück wieder rauskommen."*

Miller blickt auf die Monitore.

"Wir haben zwei Möglichkeiten. Entweder wir warten hier oben, bis die uns gefunden haben oder wir ergreifen die Initiative."

"Was geht Dir durch den Kopf?"

„Da wir nicht durch den normalen Hauseingang verschwinden können, bleibt uns nur eine Möglichkeit. Wir müssen direkt in die Garage und von da aus die Flucht ergreifen."

Tom denkt nach. *„Was ist, wenn die schon in der Garage stehen und auf uns warten?"*

„Pete, wieso haben wir keine Bilder von der Tiefgarage?"

„Das ist eine gute Frage. Ich wusste bisher ja noch nicht einmal, dass wir überhaupt Übungskameras haben. Lasst mich das mal eben herausfinden."

Unterdessen geht die Eingangstür auf. Die Gangster haben es irgendwie geschafft, dass jemand die Tür geöffnet hat. Na super. Jetzt sind die Mistkerle auch noch im inneren des Hauses.

Pete tippt wie wild auf seiner Tastatur rum.

„Ich kann keine Bilder aus der Tiefgarage finden. Hier ist zwar ein Kanal dafür vorgesehen, aber er sendet keine Bilder."

Sollten die Gangster etwa schon da unten sein? Haben die irgendwie den Eingang zur Tiefgarage gefunden. Seltsam. Denn die Ein- und Ausfahrt befindet sich auf der anderen Seite des Wohnkomplexes. Darüber wissen nur die Anwohner bescheid.

Genau das hat Pete den anderen gerade erklärt.

„Aber wie kommen wir in die Garage, wenn die Typen doch schon im Haus und in Aufzug sind?

Tom ist sichtlich besorgt. Er denkt an sich, an die anderen, aber auch an Kim. Nicht auszudenken, wenn ihm heute etwas zustößt und sie von nichts eine Ahnung hatte.

Plötzlich erscheint auf den Monitoren eine Nachricht. Dort steht in großen Buchstaben:

FLUCHTWEG DURCH DAS ANKLEIDEZIMMER!

LETZTER SCHRANK - SCHALTER UNTER DEM LETZTEN EINLAGEBODEN!

ALLE DATEN WERDEN IN 60 SEKUNDEN GELÖSCHT!

Pete reagiert sofort. Er kappt die Verbindung von seinem Laptop zum Hauptrechner. Alle nötigen Daten hat er abgespeichert.

„Na das ist doch mal was ganz Neues. Dann packt mal Eure wichtigsten Sachen und lasst uns hier verschwinden."

Miller, Tom und Hannah stehen da, wie angewurzelt. Keiner bewegt sich.

„Hey Ihr Drei. Wollt Ihr etwa hierbleiben und warten, bis die uns gefunden haben? Also los, nehmt Euch das mit was Ihr braucht und dann weg hier."

Pete ist schon einen Schritt weiter. Er hat seinen Computer unter dem Arm und geht in das Ankleidezimmer. Jetzt haben die anderen es auch kapiert. Sie raffen ein paar Sachen zusammen und folgen Pete.

Das Ankleidezimmer ist riesig. Welcher Schrank war jetzt gemeint? Der letzte Schrank von links? Oder der von rechts? Oder doch der in der Mitte?

„Okay, Tom, Du guckst Dir den linken Schrank genauer an, Miller, Du nimmst den rechten und ich begutachte den in der Mitte."

Pete wirkt so, als hätte er die Ruhe weg. So kennen ihn die anderen gar nicht. Öfter mal was Neues. Eine positive Überraschung auf jeden Fall. Genauso wie die Überraschung mit dem Fluchtweg. Da hat anscheinend Mister J mit allem gerechnet und hat dementsprechend vorausschauend gedacht und gehandelt.

Hannah hält die Klamotten der Jungs. Die Computer im Loft haben sich mittlerweile abgeschaltet. Es gibt also keine technischen Spuren mehr für die Verbindung zu jedem einzelnen der Vier.

Jetzt müssen sie nur noch selbst da rauskommen.

„Ich habe hier was." Pete ist fündig geworden.

Er drückt den Schalter und der ganze Schrank setzt sich in Bewegung. Er kommt direkt auf Pete zu. Der springt einen Schritt zurück. Der Schrank dreht sich, so dass eine dicke Stahltür zum Vorschein kommt. Der Haken an der Sache, sie ist mit einem digitalen Schloss versehen.

Hannah steht mit großen Augen staunend mitten im Raum. *„Das ist ja wie bei James Bond hier."*

„Pete, gib den selben Code ein, den auch die Wohnungstür hat." Ruft Miller ihm zu.

Er gibt den Code ein. Error. Das war er nicht. Das wäre wohl auch ein bisschen zu einfach gewesen. Und jetzt? Jetzt stehen die Vier dort vor einem möglichen Fluchtweg, aber sie kommen nicht raus, weil sie den richtigen Code nicht haben.

Miller ist sauer.

„Das kann doch wohl nicht wahr sein. Kann Mister J uns denn nicht auch den richtigen Code nennen? Was sollen die ganzen Hinweise auf den Fluchtweg, wenn wir doch eh nicht rauskommen?"

Pete fordert die anderen zur Ruhe auf. Er muss nachdenken. Was würde Mister J für einen Code wählen? Es muss etwas sein, dass mit den Vier zu tun hat.

Derweil wird auch Tom nervös.

„Sollen wir nicht einfach die Cops rufen?"

Hannah sieht ihn verwundert an.

„Und dann? Was sollen wir denen sagen, was wir hier machen und wer diese Typen sind? Also Tom, Du müsstest doch wissen, dass die Cops uns nicht helfen können."

Miller fügt hinzu.

„Und wer weiß, in wie weit die Bullen da mit drinhängen!?"

„Ja ja, Ihr habt ja Recht. War ja nur so ein Gedanke. Ich glaube übrigens immer noch, dass die Kleine da irgendwas mit zu tun hat."

„Schon möglich, Tom. Aber das muss jetzt warten. Wir müssen sehen, wie wir hier irgendwie rauskommen."

Pete überlegt fieberhaft, welchen Code Mister J für diese Tür nutzt? Es kann doch nicht sein, dass Pete den nicht herausfindet. Er braucht nur einen Hinweis, irgendeinen Impuls.

In der Zwischenzeit haben sich die Gangster von Stockwerk zu Stockwerk hochgearbeitet. Sie klingeln überall, um zu sehen, wer ihnen öffnet.

Es bleibt nicht mehr viel Zeit, bis die oben im Penthouse angekommen sind. Natürlich müssen sie irgendwie den Fahrstuhlcode und den Code für die Wohnungstür knacken. Aber die Vier sollten sich nicht darauf verlassen, dass denen das nicht gelingt.

Also wird weiter gegrübelt, welcher verdammte Code diese dicke Stahltür öffnet. Was hat Mister J sich nur dabei wieder gedacht? Warum nennt er ihnen nicht einfach diesen Code? Ist das Ganze mal wieder eine Prüfung? Ein Test, wie die Vier mit außergewöhnlichen Drucksituationen umgehen?

Pete braucht die Unterstützung der anderen.

„Kommt schon Leute, denkt nach. Was könnte der Code sein?"

Bis Miller auf einmal eine Idee hat.

„Wer war bei unserem allerersten Treffen als erster hier?"

Die anderen schauen ihn verwundert an.

„Was hat das denn damit zu tun?"

„Das sage ich Euch gleich. Wer war als erster hier oben im Loft?"

Alle denken nach. Hannah reagiert als erste.

„Also ich weiß, wer als letzter hier war."

Sie sieht zu Tom, während sie das sagt.

„Okay, Tom war als letzter hier. Und Du Pete warst mit Hannah als erstes unten im Haus. Dann bin ich dazu gestoßen. Stimmt das soweit?"

Alle nicken.

„Und in wie weit soll uns das jetzt mit dieser Tür weiterbringen?" Fragt Tom irritiert.

„In welchem Monat seid Ihr geboren? Pete?"

„Im April."

„Und Ihr beide, Tom und Hannah?"

„Im November." Antwortet Hannah. *„Ich bin im Juli geboren."* Antwortet Tom.

„Und ich im März. Das heißt, 4 11 3 7 könnte der Code lauten. Oder 4 3 11 7, wenn er Hannah und mich vertauscht hat. Gib es mal ein Pete."

Pete zögert und wundert sich über die Logik von Miller. Oder vielleicht wundert er sich, dass er selbst nicht auf diese Idee gekommen ist. Aber stimmen die Zahlen? Ist das tatsächlich der Code für die Freiheit?

Pete gibt die Zahlen ein. Es tut sich nichts. Error.

„Dann nimm die zweite Reihenfolge, 4 3 11 7."

Pete gibt auch diese Kombination ein und es funktioniert. Die Tür öffnet sich. Hannah ist freudig überrascht.

„Das kann doch wohl nicht wahr sein. Du bist ja doch zu etwas zu gebrauchen."

Da sind sie wieder. Die Spitzen, die sich Hannah und Miller schon seit dem ersten Tag an die Köpfe werfen.

Tom schaut genauso überrascht zu Pete.

„Tja mein Freund. Da haben wir wohl ein neues Superhirn hier."

Pete kann es noch gar nicht glauben. Aber das ist jetzt nicht weiter wichtig. Priorität hat, dass die Vier sich jetzt erst mal in Sicherheit bringen. Alles Weitere können sie später noch klären.

Sie gehen nach und nach durch die dicke Stahltür. Nachdem der letzte durch ist, schließt sie sich automatisch wieder. Auch der Schrank im Ankleidezimmer geht von alleine wieder in seine alte Position zurück. Keine Spuren werden hinterlassen. Kein Hinweis, falls die Gangster es schaffen in das Loft zu kommen. Sie werden nicht sehen, wie und wohin die Vier geflohen sind.

Nachdem sich die mächtige Tür hinter ihnen geschlossen hat, stehen die Vier da. Alle haben ein Déjàvu. Warum? Sie stehen in einem Ankleidezimmer, dass genauso aussieht, wie das, aus dem sie gerade gekommen sind. Sie gehen schweigend aus diesem Zimmer und treffen auf die Räumlichkeiten, die sie gerade fluchtartig verlassen haben.

Sie befinden sich in einer exakten Kopie des anderen Lofts. Alles sieht genauso aus. Die Küche, der Wohnbereich, die Wand mit den riesigen Bildschirmen, alles vollkommen identisch.

Die Vier stehen da und können es selbst kaum glauben. Würden sie es nicht mit eigenen Augen sehen, sie würden denken, es wäre ein Traum.

Sie gehen durch die Räume, Hannah sieht in den Kühlschrank und lacht.

„Sogar die gleichen Sachen im Kühlschrank. Ich glaube ich spinne. Was geht denn hier ab?"

Pete checkt als erstes seine Daten. Er verbindet seinen Laptop mit diesem Hauptrechner. Alles da. Alle Daten, die drüben waren sind hier auch vorhanden.

Miller und Tom setzen sich erst mal auf die Couch und schauen verdutzt aus dem Fenster. Das müssen sie erst mal sacken lassen. Mit so etwas hätten sie nun wirklich nicht gerechnet.

"Das Einzige, was anders ist, ist der Ausblick."

Tom schmunzelt.

Hannah fragt Pete, ob er von hier aus Zugriff auf die Überwachungskameras hat? Er nickt und wirft die Bilder an die Wand.

"Hier sind sie. Noch ist keiner von den Typen im Loft."

Tom und Miller kommen dazu und gemeinsam beobachten die Vier, was diese Typen anstellen. Sie sehen, wie sie im Aufzug sind und versuchen, den Code für das Loft zu kacken. Aber es scheint doch gar nicht so leicht zu sein. Die Software, die Mister J verwendet macht es diesen Gangstern schwer.

Nach einigen Minuten lassen sie auch davon ab. Sie fahren wieder in das Erdgeschoss und verlassen das Haus. Sie bleiben vor dem Eingang stehen, schauen bewusst in die Kameras und machen eine Geste, die die Vier noch einmal zusammenzucken lässt.

Der Anführer fährt mit seinem Daumen von links nach rechts über den Hals. Das Zeichen, dass jeder kennt. Symbolisch, ich schneide Euch den Kopf ab. Realistisch. Wir werden Euch kriegen und dann seid Ihr dran.

Das hat gesessen. Alle sind ruhig.

Die ganze Sache ist noch lange nicht ausgestanden. Zurück in ihr altes Loft können sie also auf gar keinen Fall. Auch wenn die Gangster nicht drin waren, sie könnten das Loft auf der anderen Seite ja nicht verlassen. Sie könnten nicht in die Garage oder geschweige denn ganz normal durch den Hauseingang rausspazieren. Die Typen haben bestimmt jemanden vor dem Haus postiert, der alles im Blick hat.

Also müssen sie sich hier einrichten. Was ja nun wirklich nicht schwerfallen sollte, da ja alles gleich zu sein scheint. Aber trotzdem ist es nicht dasselbe. Drüben war doch schon ein zweites Zuhause geworden. Hier müssen sie sich jetzt aufs Neue einleben und daran gewöhnen.

Aber jetzt heißt es erst mal, die körperlichen und seelischen Wunden heilen.

FLUCHT NACH VORN

Der nächste Tag ist angebrochen. Alle haben die Nacht in dem Loft verbracht. In dem neuen Loft. Sie haben entweder geschlafen, so wie Hannah und Tom oder sie haben miteinander geredet und teilweise gearbeitet, so wie Pete und Miller es getan haben.

Mittlerweile haben sich alle wieder im Wohnbereich versammelt. Hannah geht es wesentlich besser. Der Kopf brummt zwar immer noch ganz schön, aber kein Vergleich zu gestern.

Tom hat sich auch gut erholt. Ihm ging es ja sowieso nicht so schlecht wie Hannah, aber es hatte ihn trotzdem ganz schön erwischt.

Und Pete hat sich mit Miller über verschiedene Sachen unterhalten. Zum einen über den aktuellen Fall, zum anderen aber auch über ganz alltägliche Dinge. Sie hatten gute Gespräche. Obwohl sie zwei grundverschiedene Typen sind.

Natürlich haben sie sich auch darüber unterhalten, was sie jetzt mit der Identität von Mister J machen sollen. Sollen sie das Geheimnis lüften oder nicht? Oder soll vielleicht nur Pete die Info bekommen und die anderen nicht? Letzteres würde Hannah wohl nicht akzeptieren.

Apropos Hannah. Wie nicht anders erwartet, kommt sie als erste auf dieses Thema zu sprechen.

„Also Leute, wie sieht es denn jetzt aus? Wollen wir uns mal unserem geheimnisvollen Mann im Hintergrund nähern?"

Miller verdreht schon wieder die Augen.

„Was hast Du vor Hannah? Willst Du ein Date mit ihm?"

„Du weißt genau, wie ich das gemeint habe."

„Was meint Ihr, was sollen wir machen?"

Pete steht auf und geht zu seinem Laptop.

„Also, wenn Ihr wollt, es sind nur ein paar Tasten, dann müsste ich wissen, wer Mister J ist."

Warum fällt es den Vier so schwer, die Wahrheit über die Identität von Mister J zu erfahren? Sie wollten es doch von Anfang an wissen. Wer hat sie zusammengebracht? Wer hat ihnen diese mysteriösen Nachrichten geschickt? Warum hat er genau diese Vier ausgewählt? Viele Fragen, die er dann endlich beantworten könnte und auch müsste.

Aber irgendetwas hindert sie daran, den entscheidenden Schritt zu gehen. Sie waren vor kurzem ja schon einmal an dieser Stelle.

Eigentlich waren alle bereit und wollten es wissen. Pete hatte die Finger schon auf der Tastatur, als dann die Gangster vor der Tür standen.

Jetzt ist alles ruhig. Keiner auf den Bildern der Überwachungskameras zu sehen. Sie könnten also ganz in Ruhe den richtigen Namen und die dazugehörenden Informationen herausfinden und verarbeiten. Also, was hindert sie daran?

Tom wendet sich an Pete.

„Sag mal Pete, wie sieht es denn aus? Haben wir eine Chance diese Menschenhändler auch so zu schnappen? Also ohne die Info, wer Mister J ist?"

Pete überlegt.

„Die Chance vielleicht. Aber sie schienen uns ja immer einen Schritt voraus gewesen zu sein. Das heißt, wir müssten uns schon was Spezielles ausdenken, um denen das Handwerk zu legen."

„Auf der anderen Seite benötige ich weitergehende Informationen, damit ich Mister J's Nichte Nicki finden kann. Sonst habe ich ja keine Chance, sie zu identifizieren."

„Okay, das leuchtet ein." Tom denkt nach, als das Klingeln seines Handys ihn aus seinen Gedanken reißt.

Kim ist dran. Sie wusste zwar, dass er die Nacht nicht nach Hause kommt, wollte sich aber trotzdem erkundigen, wie es ihm so geht.

Er signalisiert den anderen, dass sie leise sein sollen, damit Kim nichts mitbekommt. Tom erzählt ihr, dass alles gut sei. Er müsse nur sehr viel für den Kunden erledigen, der ganze Sicherheitscheck dauere länger als geplant. Er würde sich wieder bei ihr melden, sobald er fertig sei.

Natürlich kann Tom ihr mal wieder nicht sagen, was los ist. Er kann sich aber auch so schnell nicht zuhause blicken lassen, denn die Beulen und Schrammen im Gesicht zieht man sich bei einer einfachen und simplen Sicherheitsanalyse nicht wirklich zu. Also müssen wieder einige Notlügen her.

Tom ist sichtlich genervt von der ganzen Situation. So gern würde er ihr sagen, was er dort wirklich macht. Sie haben sich gerade erst wieder gefunden. Und jetzt erneut all diese Lügen? Das gefällt ihm gar nicht.

Auch das ist ein weiterer Grund für ihn, die Identität von Mister J zu erfahren, um dann mal ganz offen über diese Thematik sprechen zu können.

Hannah geht in die Küche.

„Lasst uns doch erst mal was frühstücken."

„Und dann denken wir in aller Ruhe darüber nach, was wir machen."

Die Jungs folgen Hannah in die Küche. Alle fassen mit an und schnell befinden sie sich mitten in einer fast familiären Situation. Sie frühstücken gemeinsam, lachen, albern rum und vergessen für ein paar Minuten die anderen Sachen. Bis Pete mal wieder die Rolle des Spielverderbers übernimmt.

„So gern ich diese ausgelassene Stimmung mag, so ungern möchte ich Euch wieder an unser Ziel erinnern. Aber es geht hierbei nicht um uns, sondern es geht um die jungen Mädchen. Das sollten wir uns vielleicht mal wieder vor Augen führen."

„Wir überlegen die ganze Zeit, ob wir es wissen wollen oder nicht. Aber was wir nicht überlegen, ist, wie es diesen entführten Mädchen gerade geht. Daran sollten wir uns orientieren."

„Pete, Du hast wie immer Recht. Du bist einfach der schlauste unter uns anderen schlauen."

Miller und Tom schmunzeln, während Miller ihm das sagt. Er hat immer einen lockeren Spruch auf den Lippen. Aber die anderen kennen ihn mittlerweile und wissen, dass auch er voll und ganz hinter der Sache steht. Hannah sagt dazu erst mal gar nichts.

Bis sie, nachdem sie ihre Banane zu Ende gegessen hat, aufsteht und sagt:

„Dann haben wir jetzt also zwei Baustellen. Zum einen, wie kriegen wir heraus, wo sich diese Mistkerle aufhalten? Und zum anderen, wie finden wir Mister J's Nichte? Wobei das eine das andere nicht ausschließt."

„Mir ist es aktuell auch ganz egal, ob ich weiß wer Mister J ist. Wichtig ist, dass wir aktiv werden. Wir haben schon zu viel Zeit verloren."

Alle stehen auf.

„Na das ist doch mal ein Wort. Also auf geht's. Lasst uns zum Gegenschlag ausholen."

Tom ist bereit. Er will was unternehmen, damit er schnell wieder nach Hause kann. Aber wie sollen die Vier jetzt wieder an die Gangster herankommen? Die sind weg. Keiner weiß wohin. Und gewarnt sind sie natürlich auch. Es wird alles noch schwieriger, als es eh schon war. Wird dieser Fall eine viel zu große Herausforderung?

„Pete, kannst Du Dich in die Kameras der Verkehrsüberwachung hacken?" Fragt Tom seinen Lieblingsnerd.

Der guckt ihn verwundert an?

„Ja sicher. Willst Du den Unfall noch einmal sehen?"

„Ja, das auch. Vielleicht können wir darauf irgendjemanden erkennen. Aber was viel wichtiger ist, wir können versuchen, den Weg dieser Typen nachzuvollziehen."

„Du meinst, wir könnten sie damit verfolgen, um zu sehen, wo sie hingefahren sind?"

„Genau."

„Theoretisch ist das machbar. Allerdings gibt es keine lückenlose Überwachung der Straßen. Es sind immer wieder Unterbrechungen darin."

„Aber einen Versuch ist es doch wert, oder?"

„Natürlich. Wir haben momentan ja auch gar keine andere Möglichkeit. Ich wüsste nicht, wie wir sonst an diese Mistkerle rankommen sollten."

Man spürt, dass wieder eine gewisse Energie aufkommt. Sie haben zwar einen herben Rückschlag erlitten, aber sie stehen wieder auf. Die Mädchen sollen unbedingt befreit werden und den Gangstern soll auf jeden Fall das Handwerk gelegt werden.

Alle stehen um Pete herum. Der hackt sich in die städtischen Überwachungskameras.

Hannah denkt unterdessen aber über etwas ganz anderes nach. Was bringt es den Vier, wenn sie den Aufenthaltsort der Menschenhändler ausfindig machen? Sie allein können gegen diese Typen doch überhaupt nichts ausrichten. Sie haben nicht die körperlichen Mittel und Waffen schon mal gar nicht. Das wollen sie auch nicht. Sie wollen diese Gangster anders zur Strecke bringen. Abe wie soll das funktionieren?

Der Stalker war schon gefährlich. Auch wenn er nur alleine war, hat er es immerhin geschafft, die Jungs abzuhängen und Hannah zu entführen. Auch wenn sie ihn dann überwältigen und der Polizei ausliefern konnten, es war schon eine enge Nummer.

Und jetzt sieht das noch einmal etwas anders aus. Sie haben es mit Verbrechern zu tun, die vor nichts zurückschrecken. Tom und Hannah haben es ja leider am eigenen Leib erfahren müssen. Wer weiß, wozu die noch fähig sind. Mister J und auch Don Pedro haben vor den Machenschaften dieser Typen gewarnt. Der Satz, die gehen über Leichen, trifft hundertprozentig zu.

Genau diese Bedenken, die Hannah auf einmal überkommen, schildert sie ihren Kollegen, während Pete versucht die Autos ausfindig zu machen.

Alle sind ihrer Meinung. Es geht nur mit Hilfe.

Das heißt also, Hilfe durch die Polizei oder andere Behörden. Wobei die Gedanken dann schnell wieder auf die beiden Cops in Hell's Kitchen kommen. Was haben die möglicherweise mit der Sache zu tun? Hängen die da irgendwie mit drin?

Denkbar wäre es schon. Auch wenn die Polizei, dein Freund und Helfer, eigentlich dafür da ist, Verbrechern oder Straftätern das Handwerk zu legen, so erlebt man es leider doch häufig genug, dass sich der ein oder andere kaufen lässt.

Da wird hier und da mal ein Auge zugedrückt. Da wird mal ein Strafzettel nicht mehr aufgefunden oder findet regelrechter Betrug statt. Da wird die Hand aufgehalten, damit an entsprechender Stelle und zu passender Zeit, weggeguckt wird. Und wenn es ganz schlimm läuft, dann arbeiten die eigentlichen Staatsdiener direkt mit den Verbrechern zusammen.

Auf der anderen Seite muss es ja irgendwen geben, an den sich die Vier wenden können. Aber dazu bräuchten sie Mister J. Aber der meldet sich schon eine ganze Weile nicht. Sehr merkwürdig.

Pete durchforstet die Aufnahmen der Verkehrsüberwachung. Er erklärt den anderen, dass es gar nicht so einfach ist, da es keine lückenlose Überwachung gibt. Nicht an jeder Stelle sind Kameras installiert.

Er muss Überwachungskameras von Geschäften oder Bankautomaten zur Suche hinzunehmen. Das dauert alles ein bisschen.

Diese Zeit nutzen alle dafür, zu überlegen, wie sie konkret vorgehen wollen. Sie brauchen einen Plan. Genauso einen Plan wie damals bei dem Stalker. Der Kontakt, die Falle und das große Finale. So etwas brauchen sie jetzt auch. Leichter gesagt, als getan.

Bis Pete auf einmal eine E-Mail erhält. Er wundert sich, da er den Absender nicht kennt. Aber in der Betreffzeile steht: **SEHR WICHTIG!!! SOFORT ÖFFNEN!!!**

Also folgt Pete der Aufforderung. Gegen Viren und sonstigen Kram hat er ein Programm auf dem Rechner, da kann ihm so schnell nichts passieren.

Er öffnet im Beisein der anderen Drei die Nachricht. Es öffnet sich ein Fenster, in dem eine Videodatei angehängt ist. Pete öffnet auch diese Datei. Alle schauen gespannt auf die Botschaft.

Es erscheint ein dunkler großer Raum und eine tiefe Stimme, die sagt:

„Wenn Ihr Euren Boss lebendig wiederhaben wollt, dann befolgt Ihr folgende Anweisungen."

Die Kamera in diesem Video schwenkt auf einen Mann, der gefesselt auf einem Stuhl sitzt und einen Sack über den Kopf trägt.

Die Stimme im Hintergrund sagt weiter:

„Wenn Ihr ihn lebend wiederhaben wollt, dann bringt Ihr uns 3 Millionen Dollar. Und zwar morgen Abend 22:00 Uhr. Den Ort nennen wir Euch noch."

„Wenn Ihr die Polizei oder das FBI einschaltet, ist Euer Boss tot. Wenn Ihr nicht erscheint oder nicht bezahlt, ist Euer Boss tot."

Pete, Tom, Miller und Hannah stehen wie versteinert vor dem Laptop. Sie können es noch gar nicht glauben, was da gerade passiert. Läuft denn in diesem Fall alles schief? Ist das wirklich Mister J, der vielleicht auf eigene Faust losgezogen ist, um seine Nichte zu befreien?

Woher sollen sie wissen, ob das wirklich Mister J ist? Sie kennen ihn ja gar nicht. Sie haben ihn noch nie gesehen. Dieses Bild eines Mannes, der dort gefesselt auf einem Stuhl sitzt, könnte doch auch ein Fake sein. Aber woher haben die Gangster Pete's Mailadresse?

Und wieso reden die von „Eurem Boss"? Was wissen die? Ist das tatsächlich Mister J? Oder ist alles doch nur eine Falle?

Miller fasst als erster einen klaren Gedanken.

„Pete, kannst Du auf diese Nachricht antworten?"

„Ja klar."

„Dann schreib denen, dass wir nicht glauben, dass das unser Boss ist und dass wir keine drei Millionen Dollar haben."

„Was soll das bringen?" Fragt Tom Miller.

„Wir müssen doch herausfinden, ob das tatsächlich Mister J ist oder ob die uns einfach nur ausnehmen wollen."

Hannah stupst Pete auf die Schulter.

„Na los, schick die Nachricht."

Pete sendet den Text von Miller ab. Alle warten gespannt, ob sich die Typen wieder melden. Nach kurzer Zeit kommt die Antwort in Form einer neuen Videobotschaft. Sie zeigt wieder den Mann auf dem Stuhl. Allerdings dieses Mal ohne Sack über dem Kopf. Er wendet sich direkt an die Vier.

„Liebe Freunde, ich bin es wirklich. Es tut mir leid, aber ich musste was unternehmen. Leider ohne Erfolg. Deshalb bringt die drei Millionen, um mich auszulösen. Keine Polizei. Kommt allein."

Es ist tatsächlich Mister J's Stimme. Jetzt haben alle ein Gesicht zu dieser Stimme. Sie hätten sich jedoch einen besseren Zeitpunkt vorstellen können. So wollten sie ihn nicht kennenlernen.

Das Video schaltet sich aus. Es ist absolute Stille im Raum. Damit hätte keiner gerechnet.

Die Überwachung und Verfolgung ist schon in die Hose gegangen und jetzt auch noch das. Viel Schlimmer kann es ja gar nicht mehr laufen.

Pete ist sichtlich geschockt.

„Das kann doch alles nicht wahr sein. Die ganze Sache gleitet uns aus den Händen. Jetzt haben die Mister J und wir können die Zusammenarbeit mit der Polizei knicken. Das ist doch alles scheiße."

„Und wo sollen wir so schnell drei Millionen Dollar herbekommen?" Fragt Tom in die Runde.

„Das ist das kleinste Problem. Das kann ich schon regeln. Dafür hat mir Mister J ein Notfallkonto genannt."

„Aber wer sagt uns denn, dass diese Kerle uns Mister J dann auch aushändigen? Und das die uns nicht alle umlegen?"

„Da hast Du Recht Tom. Deshalb brauchen wir auch einen exzellenten Plan."

Hannah ist schon wieder gedanklich einen Schritt weiter.

Komischerweise spricht niemand darüber, wie Mister J aussieht. Sie haben ihn ja jetzt schließlich zum ersten Mal gesehen. Aber keiner verliert darüber auch nur ein Wort. Alle haben einen Mann, Mitte Vierzig gesehen. Gut gekleidet, gepflegtes Äußeres und die Ruhe selbst. So ist er halt, dieser Mister J. So kennen ihn die Vier vom Hören. Ihn bringt so schnell nichts aus der Ruhe. Anscheinend auch diese Situation nicht. Oder er hat vollstes Vertrauen in die Vier, dass sie das schon regeln werden.

Jetzt hat sich die ganze Situation natürlich extrem gewandelt. Eigentlich wollten sie ja zum Gegenschlag ausholen, aber jetzt kommen ihnen diese Typen zuvor. Es muss also ein Plan her, der Mister J rettet und gleichzeitig die Typen hinter Gitter bringt. Und natürlich, die Mädchen befreit. Nicht zu vergessen. Bei allem Thema um Mister J, aber eigentlich geht es ja um die Mädchen. Aber wie soll dieser Plan aussehen? Und vor allen Dingen, wie sollen sie das in der Kürze der Zeit hinbekommen.

Miller hat eine Idee.

„Pete, Du sagst, das mit der Kohle bekommst Du schon hin, richtig?"

„Ja, das ist kein Problem. Wir müssten nur zur Bank und das Geld abholen. Das kann ich alles vorbereiten."

„Prima. Dann brauchen wir uns darum schon mal nicht mehr zu kümmern. Dann solltest Du Pete mit Tom zur Bank fahren, damit wir die Kohle schon mal hier haben."

„In der Zwischenzeit werde ich mal versuchen mit meinem alten Freund Don Pedro Kontakt aufzunehmen."

Hannah guckt ganz entsetzt.

„Wieso das denn? Was willst Du denn jetzt von Don Pedro?"

„Ich weiß ja nicht, wie es Euch geht, aber ich habe noch nie eine Geldübergabe, geschweige denn einen Entführungsfall gehabt. Also brauchen wir jemanden, der sich mit solchen Dingen auskennt. Und wer wäre dafür besser geeignet, als Don Pedro?"

„Aber warum sollte er uns in dieser Situation helfen? Du hast doch gesagt, die Infos aus ihm herauszubekommen, war schon nicht so einfach."

„Das ist richtig. Aber bei solchen Typen muss man nur die richtigen Knöpfe drücken. Ich habe da schon eine Idee."

"Wollen wir die wissen?"

Miller schmunzelt nur und schüttelt den Kopf.

Pete hat derweil alles telefonisch mit der Bank geregelt, so dass er sich mit Tom auf den Weg macht das Geld zu holen.

Tom sieht in die Schublade, in der in dem alten Loft die Schlüssel für die Autos waren, und auch hier wird er fündig. Dort liegen Schlüssel der verschiedensten Fabrikate. Tom schnappt sich natürlich einen besonderen Schlüssel. Den eines Jaguar F-Type.

Sie fahren mit dem Aufzug direkt in die Tiefgarage. Die Tür geht auf und beide stauen nicht schlecht. Auch hier sieht alles so aus, wie in der anderen Garage. Okay, es parken einige andere Autos dort. Aber in einem bestimmten Bereich steht ein ähnlicher Fuhrpark, wie auf der anderen Seite.

Tom behält seine Freude über die anstehende Fahrt mit diesem tollen Auto für sich. Es geht schließlich nicht um einen Schönwetterausflug, sondern um die Rettung von Mister J.

In der selben Zeit im Loft versucht Miller den Don ans Telefon zu bekommen. Gar nicht so einfach. Er muss seine eigenen Kontakte nutzen, um irgendwie an dessen Nummer zu kommen.

Er kennt ja schließlich genügend zwielichtige Gestalten von seinen Pokerpartien.

Hannah sitzt vor Pete's Computer und sieht sich das Video von Mister J immer wieder an. Warum macht sie das? Will sie einfach Mister J's Gesicht nochmal ansehen? Erneut sieht sie sich das Video von vorn an, bis sie zu Miller sagt:

„Du Miller, hast Du das auch gehört?"

Er sieht sie verwundert an. Schließlich ist er gerade mit ganz anderen Dingen beschäftigt.

„Miller, komm doch mal her und hör Dir das an."

Er wollte gerade telefonieren, verschiebt das aber. Wenn Hannah was will, kann sie sehr energisch sein und so lange nerven, bis sie Gehör findet.

„Ich komme ja schon. Was ist denn los?"

„Hier, nimm Dir mal die Kopfhörer und achte auf die Hintergrundgeräusche."

Miller setzt sich die Kopfhörer auf und Hannah startet das Video erneut.

„Ich kann nichts hören, außer Mister J's bekannte Stimme."

„Hör doch mal genauer hin. So ziemlich am Ende."

Miller versucht sich zu konzentrieren.

„Ja Hannah, Du hast Recht. Was ist das für ein Geräusch?"

„Ich denke, das ist ein Flugzeug."

„Du meinst, sie halten Mister J in der Nähe eines Flughafens fest?"

„Ja genau. Als wir den Wagen vom Hafen aus gefolgt sind, fuhren sie grob in die Richtung JFK."

Miller lässt sich die Route der Verfolgung noch einmal durch den Kopf gehen.

„Na ja, das ist aber sehr grob gedacht. Wir waren in Richtung Nordost unterwegs. Der Flughafen JFK liegt ja eher im Osten."

„Das kann ja sein. Aber wenn die wussten, dass wir sie verfolgen, dann sind sie bestimmt nicht den direkten Weg zu ihrem Ziel gefahren."

„Da hast Du auch wieder Recht."

„Spiel das Video nochmal ab."

Hannah und Miller schauen auf jedes Detail, was sie erkennen können.

„Okay, die Flugzeuggeräusche sind eindeutig. Und das sieht irgendwie nach einer alten Lagerhalle aus."

„Was meinst Du, wie weit ist das Flugzeug weg von dieser Halle?"

Miller grübelt. *„Schwer zu sagen. Ich bin da kein Experte. Dafür bräuchten wir Pete. Der hätte bestimmt eine Idee, wie wir das herausfinden können."*

„Aber Pete ist nun mal jetzt nicht hier. Wir müssen allein herausfinden, wo sich Mister J aufhält."

Hannah breitet auf dem großen Küchentisch einen Stadtplan von New York aus.

„Wo hast Du den denn schon wieder her?" Miller wundert sich, wieso Hannah auf einmal einen Stadtplan in der Hand hat.

„Habe ich eben zufällig in der Küchenschublade gesehen. Das nennt man wohl Schicksal."

Hannah kennzeichnet den Flughafen JFK. Sie markiert ebenfalls die Route vom Hafen bis zu der Attacke mit dem Van. Von dort aus ist es nicht mehr weit bis zum Flughafen.

Jetzt müssen die beiden nur noch irgendwie herausfinden, wie sie die Lautstärke des Flugzeuges und die entsprechende Entfernung errechnen können. Wenn sie das schaffen, können sie das Gebiet einkreisen, in dem Mister J gefangen gehalten wird.

Miller überlässt Hannah diesen Part. Er muss weiter Telefonieren. Schließlich will er Don Pedro an die Strippe bekommen.

Hannah sucht derweil im Netz nach Möglichkeiten, diese Fluggeräusche zu analysieren.

Tom fährt mit Pete in der Zwischenzeit zur Bank. Pete hat telefonisch schon avisiert, dass er gleich vorbeikommen wird und einen hohen Betrag in Cash braucht. Alles sollte vorbreitet sein.

Auf einmal erscheint eine neue Email auf Pete's Laptop. Hannah öffnet sie. Sie ruft Miller zu sich. Der hat aber gerade jemanden in der Leitung. Er versucht parallel auch die Mail zu lesen. Sie enthält folgende Nachricht:

ÜBERGABE: MORGEN ABEND 22:00 UHR

CUNNINGHAM PARK WESTEINGANG

Miller hat sein Gespräch beendet.

„Cunningham Park ist aber nicht in der Nähe des Flughafens. Der liegt doch in Queens."

Hannah bestätigt ihn. *„Das stimmt. Da bin ich vor kurzem noch mit meinen Mädels gejoggt."*

Miller gefällt die ganze Sache gar nicht.

„*Jetzt haben wir aber ein Problem. Wenn die uns reinlegen wollen, das heißt, wenn sie Mister J gar nicht mitbringen zur der Übergabe, dann sind wir ganz schön weit weg vom JFK.*"

„*Und genau deshalb brauchen wir einen Plan, wie wir Mister J schon vorher befreien können.*"

„*Du meinst, wir sparen uns die Kohle und holen ihn da heute Nacht schon raus?*"

„*Genau.*"

„*Hannah, Du gefällst mir immer besser.*"

Miller grinst, während Hannah leicht rot wird. Aber der Plan hat etwas für sich. Das funktioniert aber nur unter einer Voraussetzung, nämlich, dass sie den Ort ausfindig machen, an dem Mister J gefangen gehalten wird.

Hannah geht gar nicht auf Miller's Anspielung ein. Sie will sich voll und ganz auf die Sache konzentrieren. Sonst ist sie immer zu einem Spaß oder lockeren Spruch bereit, aber zurzeit ist die Lage zu ernst.

Wie können Hannah und Miller also herausfinden, wo sich Mister J aufhält? Wäre doch Pete nur endlich wieder da, der hätte bestimmt eine Idee.

Sie ruft ihn an, um zu hören, wie weit die beiden sind.

Das Geld ist geholt und Pete und Tom befinden sich auf dem Rückweg. Am Telefon erzählt Hannah den Jungs von der neuen Nachricht und von den Erkenntnissen und Gedanken, die sich Miller und sie gemacht haben.

Pete freut sich sehr über die neuen Informationen. Er ist schon ganz heiß darauf, den beiden zu helfen. Das wäre natürlich eine ganz neue Entwicklung, wenn sie die Möglichkeit hätten, den Gangstern zuvor zu kommen.

Zurück im Loft bestaunen Hannah und Miller erst mal die drei Millionen in Cash. So viel Geld auf einem Haufen haben auch die beiden noch nicht gesehen. Aber dann widmen sie sich wieder ganz schnell dem eigentlichen Thema.

Pete und Tom hören sich ebenfalls das Video noch einmal an. Sie kommen zu derselben Erkenntnis, wie auch schon Hannah und Miller. Jedoch hat Pete so seine Bedenken, dass sich der Standort aufgrund dieser neuen Informationen eingrenzen lässt.

Tom hat eine Idee.

„Dann lasst uns doch folgendes tun. Jeder von uns, also außer Pete, der bleibt natürlich hier am PC, schnappt sich ein Auto."

"Wir fahren alle an verschiedene Punkte rund um den Flughafen JFK. Wir nehmen mit unseren Handys den Fluglärm auf und senden die Daten an Pete."

"Der kann dann hier vielleicht auswerten, welche dem Video am ähnlichsten sind. Was haltet Ihr davon?"

Alle sind begeistert. Spitzenmäßige Idee. Miller klopft Tom auf die Schulter. Und auch Hannah ist freudig überrascht.

"Mensch Tom, Du bist echt der Knaller. Langsam kann man mit Dir arbeiten. Nein, war nur ein Scherz. Du weißt, wie ich das meine."

Sie nimmt ihn in den Arm. Jetzt wird er ein bisschen rot.

Während sich die Drei ihre Autoschlüssel aussuchen und auf den Weg machen, begibt sich Pete auf die Suche im Netz. Vielleicht lässt sich ja parallel auch hier noch was rausfinden.

Im Aufzug besprechen sie noch, wer wohin fährt. Sie sind jetzt wieder alle über ihre Inears miteinander verbunden. Los geht's. Die Suche nach der Nadel im Heuhaufen kann beginnen.

Es dauert bis weit in den frühen Abend hinein, bis sie der ganzen Sache näherkommen. Sie haben alle die unterschiedlichsten Orte aufgesucht und den Fluglärm an Pete weitergeleitet. Der hat um diese Geräusche noch eine Art Vorhang gelegt, damit sie den Geräuschen aus der alten Lagerhalle möglichst nahekommen.

Ein Geräusch sticht aus den ganzen Aufnahmen heraus. Alle haben sich ja Orte ausgesucht, an denen Lagerhallen waren, aber der Bereich, an dem Tom zuletzt war, scheint ein Treffer zu sein.

Cargo Plaza. In der Nähe der 148. Straße, nordwestlich vom JFK. Dort ist das Geräusch der Flugzeuge am ähnlichsten. Allerdings grenzt das die ganze Sache erst mal nur ein wenig ein. Natürlich wäre es ein toller Erfolg, wenn sie Mister J schon eine Ecke nähergekommen wären, aber gefunden oder gar befreit haben sie ihn dadurch noch lange nicht.

Alle machen sich auf den Weg zurück zum Loft. Pete gratuliert allen zu ihrem Einsatz und erinnert sie nochmal daran, dass sie in die neue Tiefgarage auf der anderen Seite des Lofts fahren müssen. Nicht, dass einer aus Versehen die alte Einfahrt nimmt und dadurch auffliegt.

Sein Hinweis wird befolgt und alle sind wieder da.

Pete zeigt den anderen die bearbeitete Aufnahme und alle sind sich einig, dass es dort in der Gegend sein muss. Er hackt sich in die Rechner der jeweiligen Firmen, die dort Lagerhallen betreiben oder vermieten. Mal sehen, ob man aus diesen Daten etwas entnehmen kann.

In der Zwischenzeit machen sich Hannah und Tom etwas zu Essen. Schließlich habe sie alle seit heute Morgen nichts mehr gegessen.

Nur Miller hängt schon wieder am Telefon. Nicht, um mit irgendeiner Bekanntschaft zu flirten, nein auch er ist sich dem Ernst der Lage bewusst. Er versucht immer noch an Don Pedro heranzukommen. Seine Nummer hat er zwar nicht bekommen, aber immerhin die seines persönlichen Bodyguards. Der geht nur leider nicht an sein Telefon. Miller versucht es weiter.

Pete hat etwas entdeckt. Es gibt eine Lagerhalle in der Nähe des Cargo Plaza, die von einer russischen Firma angemietet wurde. Kann ein Zufall sein, kann aber auch ein Treffer sein.

Aber wie wollen die Vier Mister J dort rausholen? Einfach die Polizei hinschicken? Zu gefährlich. Wenn die Gangster die Polizei entdecken, dann könnte es für Mister J zu spät sein.

Außerdem lassen diese Typen die Cops ja auch nicht einfach so in deren Lagerhalle. Zumindest nicht ohne Durchsuchungsbefehl. Und den werden die Vier so schnell nicht bekommen. Vor allen Dingen nicht ohne die Kontakte von Mister J. Denn der war es ja schließlich immer, der die besten Verbindungen hatte.

Also, was sollen sie machen?

Zum einen müssten sie erst mal die Lagerhalle auskundschaften, um zu sehen, ob Mister J dort tatsächlich festgehalten wird. Zum anderen bräuchten sie einen Plan, der dieses Mal auch hundertprozentig funktioniert.

Miller hat den Bodyguard endlich erreicht. Don Pedro will gleich zurückrufen. Was auch immer Miller ihm gesagt hat, seinem Boss scheint es zu gefallen, sonst würde er sich ja nicht melden.

Pete hat unterdessen die Überwachungskameras in der Gegend um die Lagerhalle gecheckt. Nichts zu sehen von dem SUV oder dem Van. Aber das muss ja nichts heißen. Die können Mister J ja auch mit einem anderen Fahrzeug dorthin gebracht haben.

Miller gesellt sich zu Hannah und Tom und ruft Pete auch zu sich. Er muss auch mal was essen. Nicht immer nur am Laptop hängen.

Es vergeht noch eine Weile, bis Don Pedro zurückruft. In dieser Zeit haben sie sich Gedanken gemacht, wie sie Mister J am besten dort herausbekommen. Und das Ganze natürlich unbeschadet. Das gilt für alle fünf in diesem Fall.

Miller's Handy klingelt. Er geht in den Wohnbereich. Die anderen versuchen zu hören, über was Miller mit dem Don spricht, können aber leider nichts verstehen. Das Gespräch dauert ein paar Minuten. Miller kommt danach mit einem Grinsen im Gesicht zu den anderen zurück.

„Erzähl schon, was hat er gesagt? Und überhaupt, was hast Du ihm angeboten?"

Hannah ist ganz aufgeregt.

Miller schüttelt mit dem Kopf.

„Das wollt Ihr gar nicht wissen. Viel wichtiger ist, dass er uns helfen wird. Ich habe ihm von der Attacke dieser Mistkerle auf Hannah und Tom erzählt. Das fand er gar nicht lustig. Er ist sowieso nicht erfreut, dass die Russen sich mit ihren miesen Geschäften, in seiner Stadt breitmachen."

Hannah reißt die Hände in die Höhe.

„Ja und? Wie kann er uns helfen? Sag schon."

„Er wird uns fünf seiner erfahrensten Männer zur Verfügung stellen."

Alle gucken etwas entsetzt. Pete spricht als erster das aus, was die anderen denken.

„Jetzt arbeiten wir tatsächlich schon mit der Unterwelt zusammen? Das sind doch eigentlich die Kerle, die wir unschädlich machen wollen."

„Pete, da hast Du Recht. Mir gefällt das auch nicht. Aber was sollen wir machen? Wir brauchen seine Hilfe."

„Das verstehe ich ja. Aber Deine Kontaktaufnahme auf dem Golfplatz, die Informationen die er Dir gegeben hat und jetzt auch noch das. Wir stehen doch ewig in seiner Schuld."

„Das lass mal meine Sorge sein. Wie gesagt, ich habe ihm etwas angeboten, was er nicht ausschlagen wird und somit sind wir wieder quitt."

Alle fragen sich, was Miller da jetzt schon wieder angestellt hat. Auch er ist ja immer für eine Überraschung gut. Aber sie bohren nicht weiter nach. Sie vertrauen Miller. Sie vertrauen sich alle gegenseitig. In der jetzigen Situation umso mehr. Anders geht es auch gar nicht.

Die Vier besprechen die weitere Vorgehensweise. Sie wollen, verteilt auf zwei Autos, zu der Lagerhalle fahren und nachsehen, ob Mister J sich dort wirklich befindet. Wenn das der Fall ist, dann ruft Miller die fünf Männer von Don Pedro zu Hilfe.

Soweit die Theorie. Nur was ist, wenn er nicht dort gefangen gehalten wird? Was machen sie dann? Doch zur Geldübergabe erscheinen, in der Hoffnung, dass dort alles gut geht?

Und unabhängig davon, was ist mit den entführten Mädchen? Wie sollen die befreit werden? Wo sind die überhaupt? Gibt es nach dem ganzen Geschehen überhaupt noch die Möglichkeit sie zu retten?

Viele Fragen, die den Vier durch den Kopf gehen. Leider haben sie bisher noch wenige Antworten.

GEBALLTE STÄRKE

Es ist tief in der Nacht. Die Straßen am Cargo Plaza sind wenig befahren. Einige Lkw fahren über die verschiedensten Gelände. Die Vier haben wieder die altbekannten Paarungen gebildet. Hannah ist mit Tom im Auto unterwegs und Miller chauffiert Pete. Sie nähern sich wieder von verschiedenen Seiten. Sie wollen auf gar keinen Fall auffallen. Deshalb parken sie einige Straßen entfernt und gehen den restlichen Weg zu Fuß.

Sie sind alle dunkel gekleidet, haben ihre Inears eingeschaltet und nähern sich vorsichtig der Lagerhalle. Sie suchen mit Infrarotferngläsern nach Wachposten. Aber es ist keiner zu sehen. In der Lagerhalle ist Licht an. Also scheint da jemand zu sein. Sie müssen näher ran. Sie dürfen aber auf gar keinen Fall Aufmerksamkeit erregen. Deshalb schleichen sie von einer dunklen Stelle zur nächsten. Beide Teams kommen Stück für Stück näher ran.

Pete hatte vorab allen noch einen Grundriss der Lagehalle gemailt, so dass alle wissen, wo sie lang müssen, um eine Chance zu erhalten, etwas oder jemanden zu erspähen.

Hannah und Tom haben sich, trotz ihrer Blessuren, bereiterklärt die Halle von oben zu begutachten. Es sind einige Oberlichter eingebaut. Möglicherweise haben sie dadurch freie Sicht auf das Geschehen.

Sie suchen sich eine Möglichkeit ungesehen auf das Dach zu kommen. Sie müssen sehr vorsichtig und äußerst leise sein, denn so ein dünnes Wellblechdach gibt jedes Geräusch sofort weiter.

Pete und Miller versuchen, durch eine der Türen in die Lagerhalle hineinzukommen. War vielleicht doch der falsche Plan, Tom mit Hannah auf das Dach zu schicken, denn Tom ist ja eigentlich der Spezialist für das öffnen bestimmter Gegenstände. Aber so ist es nun mal. Muss Miller eben ran. Er hat sich in der Vergangenheit von Tom so einiges erklären und zeigen lassen, so dass er in der Lage sein müsste, solch einfache Türen zu knacken.

Jedoch alles unter höchster Anspannung und mit dem Gedanken im Hinterkopf, jederzeit entdeckt zu werden. Dementsprechend hat Miller auch so seine Schwierigkeiten die Tür zu öffnen. Immer wieder muss er abbrechen, weil Pete ihm das Signal gibt, dass sich ein Lkw nähert. Aber es ist so dunkel dort, dass die beiden nicht wirklich auffallen.

Die Tür ist offen.

Ganz langsam gehen die beiden rein. Sie schauen nach links und nach rechts. Niemand zu sehen. Sie gehen auf Zehenspitzen weiter. Meter für Meter nähern sie sich der großen Halle. Jetzt noch durch eine letzte Tür und sie müssten in der Halle sein, als plötzlich Geräusche und Stimmen aus unmittelbarer Nähe erklingen. Sie kommen genau auf Miller und Tom zu. Noch ist niemand zu sehen, aber die Stimmen werden lauter. Was tun? Es gibt nur zwei Möglichkeiten. Entweder einfach auf gut Glück rein in die Halle oder dort im Gang erwischt werden.

In dem Moment haut Pete Miller auf die Schulter. Er zeigt auf eine andere Tür. Die geht zur Seite weg. Miller nickt und beide gehen dort hinein. Rettung in letzter Sekunde. Sie stehen dort direkt hinter der Tür und lauschen. Sie hören die Männerstimmen jetzt ganz deutlich. Sie gehen unmittelbar an ihnen vorbei. Pete und Miller halten die Luft an. Jetzt nur nicht bewegen. Und auch nicht atmen.

Geschafft. Die Stimmen werden wieder leiser. Sie entfernen sich von den beiden. Miller macht die Taschenlampe seines Handys an. Sie stehen in Mitten eines Abstellraumes. Lauter Putz- und Reinigungsutensilien. Schrubber und Besen und so ein Zeug.

Ist geradeso nochmal gut gegangen.

Hannah und Tom haben es in der Zwischenzeit auf das Dach geschafft. Sie bewegen sich katzengleich über das Wellblech. Hannah bewegt sich katzengleich. Bei Tom sieht es eher etwas unbeholfen aus. Ist eben doch etwas anderes, als Autos zu klauen.

Es ist kalt. Es ist dunkel. Und durch die Feuchtigkeit, die in der Luft liegt, auch etwas rutschig. Sie müssen also sehr vorsichtig sein. Die Gefahr abzurutschen ist sehr groß.

Hannah ist schon eine ganze Ecke weiter oben. Tom müht sich ab. Er schafft es aber zu ihr aufzuschließen. Sie sind an einem der Oberlichter angekommen. Das Problem ist nur, es ist Milchglas. Also kein freier Blick auf das Innere der Halle. Das stand so nicht auf dem Lageplan. Was jetzt?

Hannah flüstert Tom leise zu, dass sie versuchen müssen, dieses Dachfenster vorsichtig und möglichst Geräuschlos zu öffnen. Tom ist nicht wirklich erfreut. In der Dunkelheit der Nacht, bei diesen Bedingungen und ohne entsprechendes Werkzeug, hält er das nicht für eine allzu gute Idee.

Aber Hannah setzt sich mal wieder durch. Tom wühlt in seinen Taschen. Er findet einen Dietrich und ein Klappmesser. Damit sollte es doch irgendwie machbar sein, dieses Fenster zu öffnen.

In der Zwischenzeit haben sich Pete und Miller wieder aus der Abstellkammer getraut. Vorsichtig gehen sie zu der Tür die zur Halle führt. Miller hält sein Ohr an die Tür. Nichts zu hören. Scheint niemand in der Nähe, beziehungsweise direkt hinter der Tür zu sein. Langsam öffnet er die Tür.

Pete wirft als erster einen Blick hinein. Niemand zu sehen. Er geht in die riesige Halle. Miller folgt ihm, schaut aber dabei auch immer wieder nach hinten, ob von dort irgendeine Gefahr droht.

In der Halle ist von Mister J nichts zu sehen. Es stehen ein paar alte Maschinen und Werkbänke herum. Es ist dreckig und kalt. Aber keine Menschenseele zu sehen. Irgendwas stimmt doch hier nicht. Wo sind die beiden Typen hin, die Miller und Pete gerade gehört haben?

Sie gehen weiter in die Lagerhalle hinein. Hinter einer der großen Maschinen steht ein SUV. Ist es der SUV, der Hannah und Tom von der Straße gerammt hat? Sie können es nicht mit Sicherheit sagen, aber möglich ist es. Als plötzlich ein Geldstück vor Pete's Füßen aufschlägt. Er springt erschrocken zurück, schaut nach oben und sieht Tom, der grinsend den beiden zuwinkt.

Er hat es tatsächlich geschafft. Das Dachfenster ist geöffnet. Tom und Hannah stecken ihre Köpfe durch den schmalen Spalt.

Nützt den beiden da oben jetzt aber nicht wirklich was, denn das was die von da oben sehen, das sehen die Jungs da unten auch. Nämlich nichts. Also außer den SUV.

Miller nimmt mit den beiden auf dem Dach Kontakt auf.

"Wie ist die Luft da oben? Könnt Ihr den SUV sehen? Ist das der Wagen, der Euch gerammt hat?"

Hannah antwortet ihm in gewohnt süffisanter Art und Weise.

"Du bist ja echt ein Witzbold. Natürlich können wir die Karre sehen. Aber wie sollen wir von hier oben erkennen, ob das der Wagen ist?"

"Wie wäre es, wenn Ihr einfach mal nachseht, ob er vorne zerbeult ist? Müssten ja schließlich einige Spuren von dem Crash zu erkennen sein."

Miller schüttelt nur den Kopf und redet mit sich selbst.

"Diese Frau ist einfach zu schlau für diese Welt."

"Das habe ich gehört."

Miller geht mit Pete näher ran. Sie gehen um den SUV herum und entdecken an der Front einen dicken Rammbock.

Hier sind sie richtig. Es ist tatsächlich der Wagen. Das ist doch schon mal ein Erfolg. Aber wo befindet sich Mister J?

Die Vier beschließen, weiter vorzudringen. Vielleicht ist am Ende der Halle noch etwas zu finden. Oder zumindest eine Spur der Entführer zu entdecken. Hannah und Tom schließen das Fenster und klettern vorsichtig einige Meter weiter.

Am Ende der Halle angekommen, entdeckt Pete eine weitere Tür. Sie scheint in die anliegende Nachbarhalle zu führen. Er informiert Hannah und Tom. Die begeben sich auf die andere Seite des Daches. Mal sehen, ob sie in der Nachbarhalle etwas entdecken.

Tom bittet Miller und Pete zu warten.

„Bevor Ihr durch die Tür geht, wartet auf unser Signal. Wir schauen mal, ob wir von oben etwas erkennen können. Nicht dass Ihr denen direkt in die Arme lauft. Irgendwo müssen die ja alle hin sein."

Pete bestätigt das. Sie warten ab. Sie verstecken sich zwischen der Maschine und dem SUV. Hier werden sie so schnell nicht entdeckt, falls doch jemand in die Halle kommt.

Wozu brauchen die Vier eigentlich die Hilfe von Don Pedro? So wie es aussieht, machen sie mal wieder alles im Alleingang.

Auch wenn die Stimmung locker zu sein scheint, sie ist es nicht wirklich. Alle sind extrem angespannt und nervös. Zudem sind Hannah und Tom ja auch nicht wirklich fit nach ihrem Crash. Aber sie beißen die Zähne zusammen.

Nur so schaffen sie es auf das anliegende Dach zu gelangen. Sieht von oben auch nicht anders aus, als das vorherige, aber auch hier scheint Licht durch die oberen Fenster. Es sind ebenfalls diese milchigen Kuppeln, so dass Tom mal wieder seine Fähigkeiten einsetzen muss.

Auch hier schafft er es, eine dieser Kuppeln zu öffnen. Leise und ganz langsam öffnen sie diese Kuppel. Und sie glauben ihren Augen nicht. Was sie dort unten sehen ist zwar nicht Mister J, aber es sind die jungen Mädchen vom Hafen.

Hannah kann es gar nicht fassen. Sie nimmt sofort Kontakt zu den anderen da unten auf.

„Hey Ihr zwei. Wir sind jetzt auf der anderen Seite. Tom hat eine Kuppel geöffnet und Ihr könnt Euch gar nicht vorstellen, was wir entdeckt haben?"

„Na ich hoffe doch, es ist Mister J."

„Nein Pete. Der ist leider nicht da unten. Aber es ist fast genauso gut."

„Mensch Hannah, macht nicht so lange rum. Erzähl uns, was Ihr sehen könnt."

Hannah lacht leise.

„Das hättest Du wohl gerne. Aber zurück zum Ernst der Sache. In der Halle befinden sich die entführten Mädchen, die gestern am Hafen angekommen sind."

Damit hätten Pete und Miller jetzt auch nicht gerechnet. Das nennt man dann wohl einen Zufallstreffer.

„Okay, das sind doch mal gute Nachrichten. Seht Ihr denn auch, wie viele Wachen dort postiert sind?"

Tom steckt seinen Hals durch die offene Luke. Er versucht, die ganze Halle zu überblicken. Aber das scheint nicht machbar.

„Also, dass was ich von hier sehen kann bedeutet, dass zwei Leute genau vor der Tür stehen, durch die Ihr gehen wolltet. Und auf der anderen Seite, am Tor, stehen auch nochmal zwei. Es können aber durchaus noch mehr sein. Wir können nicht die ganze Halle überblicken."

Aufgrund dieser neuen Informationen beschließen die Vier, sich erst mal zurückzuziehen. Das erfordert eine andere Strategie. Denn damit hatten sie auch gerechnet. Vielleicht sollten sie jetzt doch die Hilfe von Don Pedro's Männern in Anspruch nehmen.

Sie hatten vorher schon einen Treffpunkt vereinbart, wenn es Schwierigkeiten geben sollte. Und jetzt haben sie diese auch. Zwar ist das eine schöne Wendung, aber auch eine ganz neue Herausforderung.

Wie sollen sie die Mädchen befreien, ohne selbst geschnappt zu werden? Und wo zum Teufel ist Mister J? Sollte die Annahme doch falsch gewesen sein, dass er in einer Lagerhalle festgehalten wird? Oder haben sie ihn einfach woanders hingebracht?

Sie setzen sich alle in ein Auto und wärmen sich auf, während sie über die weiteren Schritte nachdenken.

Miller ist dafür, die Jungs vom Don hinzuzuziehen. Die könnten die Wachen ausschalten und einen Transport der Mädchen in die Wege leiten.

Pete würde gern am liebsten die Polizei informieren.

Hannah und Tom sind unschlüssig. Aber sie wollen alle eine einheitliche Entscheidung treffen.

Was sollen sie also tun? Eines ist auf jeden Fall klar, es soll keine Verletzten oder Toten geben. Auf beiden Seiten nicht. Die Frage ist, ob sie das Don Pedro's Männer klarmachen können? In diesem Gewerbe ist man schließlich nicht zimperlich. Wenn man schon Waffen hat, dann kann man die auch einsetzen.

Miller versucht die anderen zu beruhigen. Er sagt ihnen, dass er darüber schon mit dem Don gesprochen hat. Laut dessen Aussage haben die Männer genau das zu tun, was Miller ihnen sagt.

Was hat Miller dem Don nur angeboten, dass er sogar das Sagen über dessen Männer hat?

Es vergehen einige Minuten mit Diskutieren, aber letztendlich habe sich alle darauf geeinigt. Sie brauchen die Männer von Don Pedro. Ohne die wäre es zu gefährlich und wahrscheinlich gar nicht machbar.

Miller macht seinen Anruf. Wenige Zeit später kommen zwei Transporter zur der verabredeten Stelle. Fünf finster aussehende Typen steigen aus und begrüßen Miller. Unter ihnen ist auch Don Pedro's persönlicher Bodyguard. Den kennt Miller ja schon.

Miller hat die anderen gebeten, erstmal im Auto zu bleiben, bis er alles mit denen geklärt hat. Hannah, Tom und Pete schauen dem ganzen Treiben gespannt zu. Keiner sagt etwas. Sie versuchen die Körpersprache zu deuten, aber derjenige der das so gut kann, der steht gerade da draußen.

Es scheint loszugehen. Miller kommt zurück und reibt sich die Hände. Die beiden Transporter fahren an unterschiedliche Stellen und breiten sich auf den Zugriff vor.

Die anderen steigen aus und sind ganz neugierig. Hannah brennt darauf, zu erfahren, wie der Stand der Dinge ist. Miller erklärt den Dreien, dass es nicht einfach war, die Jungs von einem möglichst gewaltfreien Zugriff zu überzeugen, aber dass sie schlussendlich zugestimmt haben. Zumindest werden sie es versuchen. Das haben sie Miller versprochen.

Don Pedro's Männer haben aber auch gesagt, dass sie das allein machen wollen. Es sollen ihnen keine Amateure in die Quere kommen. Miller hat zugestimmt, unter der Voraussetzung, dass die Mädchen zu den Vier gebracht werden, damit sie herausfinden können, ob erstens Mister J's Nichte unter ihnen ist und ob zweitens die Mädchen etwas mitbekommen haben, was mit Mister J passiert ist, beziehungsweise wo sie ihn hingebracht haben.

Jetzt bleibt ihnen also nichts anderes übrig, als abzuwarten. Miller hat den Männern ganz genau beschrieben, wo sich die Mädchen aufhalten und wie viele Wachen wahrscheinlich vor Ort sind. Don Pedro's Bodyguard war ganz entspannt. So nach dem Motto „wir machen das schon, ist nicht unsere erste Geiselbefreiung".

Die Stimmung ist geteilt. Hannah und Tom wären gern mit reingegangen, Pete und Miller sind ganz froh, dass sie nicht aktiv werden müssen.

Was nichts damit zu tun hat, dass sie feige oder ängstlich wären, nein ihnen geht es einfach darum, für die entsprechenden Aufgaben, das bestmöglich qualifizierte Personal einzusetzen.

Hannah und Tom ticken da anders. Hannah ist ja sowieso ein Adrenalinjunkie und Tom hat nach seiner letzten gelungenen Aktion mit seinem alten „Arbeitgeber" noch mehr Selbstvertrauen gewonnen, als er eh schon hatte.

Sie steigen in ihre Autos und fahren zu dem von Miller avisierten Treffpunkt. Er kennt in der Nähe ein verlassenes Gebäude, welches ein idealer Unterschlupf ist. Woher er diese Informationen schon wieder hat? Keiner fragt nach. Alle haben sich mittlerweile an seine Überraschungen gewöhnt.

Dort angekommen heißt es jetzt, warten. Warten auf die Männer von Don Pedro. Warten auf die Mädchen. Und hoffen, dass alles gut gegangen ist. Miller bringt die anderen durch einen Seiteneingang in das Gebäude. Ein altes Mehrfamilienhaus. Unbewohnt. Eingezäunt durch ein Baugerüst ist es wirklich ideal. Leider auch sehr kalt und dreckig darin, aber das spielt jetzt keine Rolle. Es geht nicht um Komfort und Schönheit, es geht ausschließlich um die Rettung der Mädchen und um die Befreiung von Mister J.

Ewige Minuten des Wartens vergehen. Alle schauen immer wieder auf die Uhr und aus den Fenstern. Aber bisher ist niemand zu sehen. Es ist schon fast eine Stunde her, dass sie von der Lagerhalle aufgebrochen sind.

Plötzlich biegen die beiden Transporter in die Einfahrt neben dem Haus ein. Miller hat ihnen ganz exakt beschrieben, wo sie parken sollen und wo sie die Mädchen ins Haus bringen sollen.

Alle Vier sind extrem nervös. Hat alles funktioniert? Sind die Mädchen in Sicherheit? Sind alle unversehrt? Also auch die Männer vom Don?

Nach und nach kommen immer mehr Mädchen in das Haus. Sie wirken völlig verängstigt, schauen fast nur auf den Boden. Sie sind alle im Alter zwischen 14 und 18 Jahren. Don Pedro's Männer gehen behutsam mit ihnen um und übergeben sie nach und nach in die Obhut von Hannah, Pete, Tom und Miller.

Hannah und Pete versuchen die Mädchen zu beruhigen, sie sagen ihnen, dass sie keine Angst mehr haben müssen, dass alles wieder gut wird. So recht scheinen sie das noch nicht zu glauben. Ist ja auch kein Wunder. Wenn dich Gangster entführen und festhalten und dich dann andere Gangster befreien, schreit wahrscheinlich niemand „Hurra".

Ganz im Gegenteil. Wahrscheinlich denken alle erstmal nur das Schlimmste. Wer weiß, wie oft die schon weitergereicht wurden?

Pete versucht sich einen Überblick zu verschaffen. Ist Nicki, Mister J's Nichte, dabei? Schwer zu sagen, denn die Mädchen sehen sich alle sehr ähnlich. Er fragt in die Gruppe:

„Ist jemand von Euch Nicki?"

Er wartet. Keine Reaktion. Er fragt erneut.

„Ihr braucht keine Angst mehr zu haben, Ihr seid in Sicherheit. Ist eine Nicki unter Euch? Ihr Onkel hat uns beauftragt, sie zu finden."

In der Zwischenzeit spricht Miller draußen mit Don Pedro's Männern. Einer hat sich bei dem Zugriff verletzt. Er ist angeschossen worden. Anscheinend nichts Schlimmes. Nur eine Fleischwunde. Rob, so heißt der persönliche Bodyguard von Mister J, spielt die ganze Sache runter. Sei alles halb so wild. Dem anderen geht es schlimmer.

Miller will eigentlich gar nicht wissen, was genau passiert ist, aber er fragt trotzdem nach. Rob erklärt ihm, dass die Entführer die Mädchen nicht kampflos rausrücken wollten und somit der Einsatz von Schusswaffen nötig wurde.

Miller ist erstaunt. Nicht über den Einsatz von Schusswaffen, sondern über die gepflegte Ausdrucksweise von Rob. Darüber hatte er sich vorhin schon gewundert. Bei den anderen Treffen hat er nicht viel gesprochen. Seine körperliche Präsenz reichte eigentlich schon aus. Aber dieser Zweimeter Hüne scheint wirklich was auf dem Kasten zu haben.

Miller erkundigt sich nochmal, ob wirklich alles in Ordnung sei. Aber Rob winkt nur ab. Alles ist okay.

Er bedankt sich bei Rob und seinen Männern für deren Einsatz. Gerade, als Miller zurück ins Haus gehen will, da ruft ihm Rob zu:

„Halt mein Freund. Du hast da noch was vergessen."

Miller dreht sich erschrocken um.

„Du wolltest doch noch etwas haben. Hier ist es."

Miller atmet durch. Ja klar, er hatte Rob noch um einen Gefallen gebeten. Das hatte er in all der Aufregung glatt vergessen. Er bedankt sich noch einmal und die Jungs gehen ihrer Wege.

Miller geht zurück zu den anderen. Er geht an weinenden jungen Mädchen vorbei. Sie frieren. Sie haben immer noch Angst. Warm ist es leider nicht in diesem Gebäude. Die Heizungen funktionieren nicht. Der Wind pfeift durch die teilweise kaputten Fenster.

Miller redet ebenfalls beruhigend auf die Mädchen ein.

„Ihr braucht Euch keine Gedanken zu machen. Wir sind hier, um Euch zu befreien. Bald seid Ihr wieder bei Euren Familien."

So richtig glauben die Mädchen das aber immer noch nicht.

„Wie sieht es aus? Habt Ihr Mister J's Nichte gefunden? Ist sie dabei?"

Pete schüttelt nur den Kopf. Er ist frustriert. Seine Laune wird aber nicht besser, als er sieht, was Miller da macht. Der baut sich nämlich vor den Mädchen auf, sein Handy in der Hand, filmt er die Mädchen.

„Was zum Teufel machst Du denn da?"

„Jetzt kann ich nochmal von vorn anfangen. Sei ruhig solange ich filme. Oder willst Du, dass Deine Stimme mit auf dem Video ist?"

Miller filmt weiter alle Mädchen. Er geht zu Pete und den anderen, damit er ihnen seinen Plan erklären kann.

„Da wir nicht wissen, wo sich Mister J aufhält, haben wir keine Chance ihn vor Morgen zu befreien. Aber wir haben ja die Mädchen."

„Also schicken wir den Typen eine Mail mit diesem Video und fordern sie zu einem Tauschgeschäft auf. Die Mädchen gegen Mister J."

Hannah ist entsetzt.

„Du willst jetzt allen Ernstes die Mädchen, die wir gerade befreien konnten, wieder in die Hände der Menschenhändler geben? Das kann doch wohl nicht wahr sein!"

Sie würde Miller am liebsten an die Gurgel springen. Aber Tom beruhigt sie ganz schnell.

„Hannah, beruhige Dich wieder. Ich denke, ich weiß was Miller vorhat."

Miller schüttelt nur den Kopf und ist sichtlich sauer.

„Na wenigstens einer, der mich mittlerweile schon mal ein bisschen kennt. Toll Hannah, dass Du mir so etwas zutraust. Vielen Dank für Dein Vertrauen."

Jetzt muss auch Pete eingreifen.

„Okay, jetzt kommt mal alle wieder runter. Miller, erklär uns Deinen Plan."

Miller erzählt den anderen daraufhin sein geplantes Vorhaben.

„Die Gangster wollen ihre Mädchen zurück und wir wollen Mister J. Da die noch nicht wissen, dass WIR sie haben, müssen wir ihnen eine Botschaft schicken. Mädchen gegen Mister J. Geld gibt es keines."

„Was wir natürlich nicht machen werden, also die Mädchen auszuliefern. Ganz im Gegenteil. Wir werden diesen Typen eine Falle stellen, sodass wir die Mädchen befreien können, Mister J aus deren Fängen retten können und gleichzeitig diese Mistkerle hinter Gitter bringen können."

Hannah kommt auf Miller zu.

„Na das hört sich doch schon wieder ganz anders an. Warum hast Du das denn nicht gleich gesagt?"

„Wenn Du mich demnächst vielleicht erst mal ausreden lässt, ohne gleich hochzugehen wie eine Bombe, dann könnte ich das auch tun."

Miller ist aber nicht nachtragend. Er kennt ja Hannah's impulsive Art. Oftmals ist die sehr hilfreich, aber manchmal steht sie ihr auch im Weg.

Jetzt brauchen die Vier allerdings noch einen ausgezeichneten Plan, wie sie ihr Vorhaben in die Tat umsetzen können. Sie sind wieder alle in einem Boot. Gemeinsam heißt die Devise. Hieß sie ja schon immer.

Aber so manches Mal bricht der ein oder andere einfach aus. Das Problem an der ganzen Sache ist nur, dass sie die Mädchen noch bis morgen Abend brauchen. Sie können sie jetzt noch nicht gehen lassen. Würden sie die Polizei informieren, würden die Menschenhändler das auf jeden Fall mitbekommen. Wer weiß, wie gut deren Kontakte sind und wo sie überall Spitzel sitzen haben.

Hannah wurde auserkoren, den Mädchen mitzuteilen, was die Vier vorhaben. Sie setzt sich zu den immer noch sehr ängstlich wirkenden Mädchen und spricht mit ihnen über die schwierige Situation.

In der Zwischenzeit machen sich Miller und Tom auf, um warme Decken, Getränke und Essen zu besorgen.

Pete bearbeitet derweil das Video und schickt es an die Gangster. Mit dem Zusatz: *Wir melden uns bezüglich Übergabeort und Zeit!*

Jetzt wollen sie den Spieß umdrehen. Sie haben jetzt das Sagen. Also müssen diese Typen auch nach ihrer Pfeife tanzen. Wo und wie die Übergabe stattfinden soll, das müssen die Vier allerdings noch besprechen. Wobei Miller da schon so eine Idee hat.

DER AUSTAUSCH

Der nächste Tag ist angebrochen. Hannah konnte den Mädchen erklären, was die Vier vorhaben und wie wichtig die Hilfe der Mädchen dabei ist. Erst waren sie sehr ängstlich und zurückhaltend. Aber je mehr Zeit verging, desto entspannter wurde die Situation.

Die warmen Decken, das Essen und die Getränke haben natürlich auch dazu beigetragen, dass die jungen Mädchen Vertrauen entwickelt haben. Insofern das in der Kürze der Zeit eben möglich ist.

Wenn man bedenkt, was diese jungen, von zuhause entrissenen Mädchen so alles mitgemacht haben, schon fast ein Wunder, dass es so läuft, wie geplant.

Miller und Tom machen ein paar Späßchen mit ihnen. Hannah schaut immer wieder nach dem Rechten. Es soll allen gut gehen. Sie sollen sich so wohl fühlen, wie es eben nur geht unter diesen Bedingungen.

Einen Wermutstropfen gibt es allerdings dann doch. Nicki, Mister J's Nichte, ist tatsächlich nicht unter dieser Gruppe von Mädchen. Es wäre auch zu schön gewesen, wenn das auch noch geklappt hätte. Pete hat alle Mädchen mit dem Foto abgeglichen. Sie ist nicht dabei.

Während Miller, Tom und Hannah mit den Mädchen beschäftigt sind, tüftelt Pete an dem Plan. Diese gefakte Übergabe muss hundertprozentig vorbereitet sein. Es darf kein Fehler passieren und sie müssen auf alle Eventualitäten vorbereitet sein.

Auf einmal steht eines der Mädchen neben Pete. Sie schaut ihn mit ihren großen Augen an.

„Hey. Kann ich Dir helfen? Ist alles okay?"

Sie zögert kurz, antwortet aber dann:

„Sie haben doch vorhin nach einem bestimmten Mädchen gefragt?"

„Ja richtig. Nicki."

„Ja genau. Ich bin mir nicht ganz sicher, ob sie so heißt, aber es war ein weiteres Mädchen bei uns auf dem Schiff."

Pete lässt alles stehen und liegen. Er ist ganz Ohr.

„Wie meinst Du das?"

„Als wir in die Lagerhalle gebracht wurden, war noch ein Mädchen bei uns. Brünett, hübsch, so ungefähr 14 Jahre alt. Ich glaube, sie hieß Nicki."

„Was ist mit ihr passiert?"

Pete befürchtet das Schlimmste.

Das Mädchen berichtet Pete davon, dass sie mitbekommen hätte, wie sie von zwei Typen weggebracht wurde. Diese Kerle erzählten irgendetwas von einem Verwandten. Mehr konnte sie nicht hören.

Pete bedankt sich bei dem Mädchen. Das sind ja mal ganz neue Informationen. Und auch noch sehr wichtige. Ob sie das Unterfangen jedoch einfacher oder schwieriger machen, sei mal dahingestellt.

Pete ruft die anderen zu sich und erklärt Ihnen den neuesten Stand der Dinge. Wieder mal etwas, mit dem die Vier nicht gerechnet hatten. Aber grundsätzlich erstmal eine positive Nachricht. Die Frage, die sich alle stellen, warum haben die Gangster noch nicht geantwortet? Und genau das als neues Druckmittel angesprochen?

Auf der anderen Seite ist es denen vielleicht auch egal. Sie wollen alle Mädchen wiederhaben. Ob sie dagegen Mister J allein oder mit Nicki zusammen eintauschen, spielt wahrscheinlich keine so große Rolle.

Aber warum kommt überhaupt keine Reaktion? Es ist schon Stunden her, dass Pete die Nachricht rausgeschickt hat. Was hat das zu bedeuten?

Miller hat sich einen Übergabeort überlegt. Es gibt in der Nähe des Cargo Plaza, also dort wo die Mädchen gefangen gehalten wurden, einen kleinen Tunnel.

Dieser Tunnel dient allein den Transportern und Lkw, die zum be- und entladen kommen, als Zufahrt. Kein sonstiger Verkehr, der dort langführt. Man könnte auf der einen Seite des Tunnels die beiden Transporter von Don Pedro positionieren. Auf der anderen Seite könnten die Gangster erscheinen. Ein perfekter Ort.

Allerdings auch ein Ort, der wunderbar zur Falle dient. Für beide Seiten natürlich. Also stellen sich die Vier die Frage, was würden die Gangster tun? Natürlich wird Pete die Mail mit dem Übergabeort so kurzfristig wie möglich rausschicken. Aber trotzdem müssen sie sich auf Gegenwehr einstellen. Keiner der Vier kann sich vorstellen, dass die kampflos alles einfach so über sich ergehen lassen. Vor allen Dingen nicht, nach der Aktion mit dem bewussten Crash.

Miller hängt schon wieder am Telefon. Mit wem telefoniert er jetzt schon wieder?

Pete schaut sich mit Hannah und Tom die Straßenkarte im Laptop an. Wie können sie dort am besten die Übergabe machen? Natürlich ohne die Mädchen tatsächlich zu übergeben. Aber es soll den Anschein erwecken. Denn sonst haben sie keine Chance, Mister J und seine Nichte lebend daraus zu bekommen.

Es wird nicht einfacher. Ganz im Gegenteil.

Miller kommt zu den anderen dazu. Er hat schon wieder mit Don Pedro gesprochen. Der war nicht sehr erfreut zu hören, was Miller von ihm wollte. Nämlich erneut will sich Miller seine Jungs ausleihen. Und deren Transporter natürlich. Sein Plan sieht so aus.

Miller und Pete fahren die Transporter. Hannah und Tom parken die Autos in Reichweite. Im Inneren der Transporter sitzen die Mädchen, begleitet von je zwei Männern von Don Pedro. Wenn die Menschenhändler die Mädchen sehen wollen, werden die Seitentüren geöffnet, so dass die Typen nur die Mädchen sehen. Nicht die Leute vom Don.

Danach sollen Mister J und Nicki zu ihnen rüberkommen und im Austausch erhalten die Mistkerle die Schlüssel der Transporter. Wenn sie sich den Mädchen nähern, fahren aber Don Pedros Männer mit den Transportern davon.

So viel zur Theorie. Pete erkennt aber schnell den Haken an der ganzen Sache.

„Das hört sich ja schön und gut an, Miller. Aber was ist mit den Menschenhändlern? Die wollten wir doch auch hinter Gitter bringen. Wie sollen wir das machen?"

„Eine durchaus berechtigte Frage, mein Freund."

„Und an dieser Stelle kommt die Polizei ins Spiel. Wir müssen denen einen Hinweis zukommen lassen, dass an diesem Ort zu bestimmter Zeit ein großer Waffendeal über die Bühne gehen soll."

„Warum gerade ein Waffendeal?" Fragt Hannah nach.

„Das war jetzt nur ein Beispiel. Es muss auf jeden Fall etwas sein, was die Polizei hellhörig werden lässt. Wo sie vielleicht sogar das FBI einschaltet."

„Und warum sagen wir nicht einfach, dass es dort um Menschenhandel geht?"

Miller grinst und nickt.

„Ja, du hast ja Recht. Können wir machen. Ich wollte es nur ein bisschen dramatischer aussehen lassen."

„Als wenn Menschenhandel nicht dramatisch genug wäre." Ruft Tom den anderen zu.

Plötzlich hören sie Geräusche im Gebäude. Die Vier erstarren kurz. Sie bitten die Mädchen, alle ganz leise zu sein. Kein Sterbenswörtchen. Hannah und Miller schleichen sich langsam zu den Fenstern. Pete bleibt bei den Mädchen und Tom geht zum Treppenhaus. Alle bewegen sich sehr leise. Hannah flüstert, dass sie draußen nichts Auffälliges sehen kann. Miller hat ebenfalls nichts gesehen.

Tom kommt zurück. Er geht auf Zehenspitzen. Ganz leise flüstert er den anderen zu, dass sich unten im Gebäude mehrere Männer befinden. Er konnte nur nicht erkennen, wer die Typen waren. Aber sie sahen nicht gerade nach Handwerkern aus.

Sind das tatsächlich die Menschenhändler? Wenn ja, wie haben die die Vier und die Mädchen so schnell gefunden?

Sie sind im dritten Stock. Über ihnen gibt es noch zwei weitere Etagen. Nach unten können sie nicht. Wenn es wirklich diese Typen sind, dann haben die Vier jetzt ein gewaltiges Problem. Völlig auf sich allein gestellt, ohne jegliche Waffen, sind sie diesen Typen ausgeliefert.

Die Mädchen kauern alle dicht zusammengerückt in einem Raum. Sie ahnen schon, dass das alles nicht gut ausgehen wird. Pete geht zu den Mädchen. Ganz leise spricht er mit ihnen.

„Haben Euch diese Typen irgendwelche Chips in die Haut eingepflanzt? Zeigt mit mal bitte Eure Arme."

Die Mädchen schütteln den Kopf und schieben ihre Jacken und Pullis hoch. Nichts zu sehen. Keine Wunden oder Merkmale, dass dort etwas Derartiges gemacht wurde.

„Habt Ihr irgendwas in den Taschen, an Eurer Kleidung? Schaut bitte alle mal nach."

Die Mädchen folgen Pete's Bitte.

Drei der Mädchen haben etwas gefunden. Sie halten kleine, ganz flache Computerchips in der Hand. Sie waren in ihren Klamotten versteckt. Pete nimmt sie an sich und zertritt diese. Er fordert alle anderen auf, sich weiter abzusuchen. Vielleicht gibt es noch mehr von diesen Dingern.

Die Stimmen und Geräusche kommen näher. Etage für Etage suchen die Typen ab. Noch zwei Etagen und sie sind bei den Mädchen.

Pete zerstört noch weitere Chips. Er winkt die anderen zu sich und flüstert:

„Wir müssen nach oben. In die letzte Etage. Das ist die einzige Möglichkeit um etwas Zeit zu gewinnen."

Alle nicken, bis auf Miller.

„Bringt Ihr die Mädchen nach oben. Ich halte die Typen derweil auf."

Während er das sagt, holt er eine Pistole aus seiner Jackentasche.

Hannah ist entsetzt. *„Wo hast Du die denn auf einmal her?"*

„Die habe ich von Rob. Ist nur für den Notfall gedacht gewesen. Und den haben wir ja jetzt."

„Bringt die Mädchen nach oben und ruft Don Pedro an und erzählt ihm von unserem Problem. Ich versuche, uns ein bisschen Zeit zu verschaffen."

Er gibt Hannah sein Handy. Die ist immer noch entsetzt. Der Einsatz von Waffen war eigentlich nicht geplant. Aber spezielle Situationen erfordern außergewöhnliche Maßnahmen.

Tom und Pete sind schon dabei die Mädchen nach ganz oben zu bringen. Hannah dreht sich noch einmal zu Miller um.

„Pass bloß auf Dich auf." In ihrem Ton schwingt Angst und ein wenig Wut mit. Auf der einen Seite Angst um Miller. Auf der anderen Seite Wut, dass er mal wieder Dinge im Alleingang gemacht hat. Sie würde ihm am liebsten dafür in den Hintern treten. Was sie vielleicht auch noch tun wird, wenn die ganze Sache irgendwie noch gerettet werden kann.

Miller postiert sich an der Eingangstür. Noch hat er keinen dieser Typen im Blick. Die sind ebenfalls sehr vorsichtig. Die wissen ja nicht, dass Don Pedros Männer nicht mehr vor Ort sind. Das ist der einzige Vorteil, den die Vier aktuell noch haben.

Die Lage spitzt sich zu. Die Gangster kommen näher. Miller hat die Treppe im Blick, als einer der Typen vorsichtig um eine Mauerecke schaut. Miller hat ihn gesehen. Der Kerl hat aber Miller anscheinend nicht gesehen, denn er kommt hinter der Mauer hervor und will gerade die Treppe hochgehen, da feuert Miller einen Warnschuss in dessen Richtung.

Er will ihn nicht treffen. Er will nur, dass die Gangster nicht weiter vorankommen. Das Ziel hat er erreicht. Damit hätten die Typen wohl doch nicht gerechnet. Sie ziehen sich ein zurück. Was sie allerdings nicht machen, ist zurückschießen. Warum nicht? Wollen die auch keinen offenen Schusswechsel riskieren? Womöglich haben die Angst, dass die Mädchen in die Schusslinie geraten.

Miller zittert am ganzen Körper. Seine Hand, mit der er die Waffe hält, ist völlig verkrampft. Das ist doch was anderes, als mit zwielichtigen Gestalten am Pokertisch zu sitzen. Hätte er sich auch nicht vorstellen können, dass er mal mit einer geladenen Waffe herumfuchtelt.

Aber der Sinn und Zweck dieses Warnschusses war erfolgreich. Es kommt keiner weiter die Treppe hoch. Sie haben ein bisschen Zeit gewonnen. So weit so gut. Aber wie geht es weiter? Wie sollen sie und die Mädchen aus dieser Nummer wieder rauskommen?

Die anderen Drei haben den Schuss natürlich gehört. Sie machen sich Sorgen. Hannah würde am liebsten sofort wieder runterrennen, um zu sehen ob mit Miller alles in Ordnung ist. Aber die Mädchen brauchen sie jetzt auch. Sie haben Angst, sind völlig aufgelöst, dass die Menschenhändler sie schon wieder aufgespürt haben und befürchten, wieder in Gefangenschaft zu geraten.

Tom, Pete und Hannah versuchen die Mädchen zu beruhigen. Das gelingt allerdings nur bedingt.

Alles war so schön gedacht. Die Mädchen sind in Sicherheit. Der Austausch war geplant. Mister J sollte so wieder in Freiheit gelangen. Alle hätten gewonnen. Nur die miesen Menschenhändler nicht. So viel also zur Theorie.

Jetzt heißt es abwarten. Hannah hat in der Zwischenzeit Don Pedro angerufen und ihm die brenzlige Lage geschildert. Der hat daraufhin seine Crew, unter der Leitung von Rob, direkt wieder zum deren Versteck beordert. Sie brauchen jedoch noch mindestens 10 Minuten bis sie dort ankommen.

Miller ergreift derweil die Initiative. Er versucht mit den Gangstern Kontakt aufzunehmen. Ohne zu schießen. Er schaut nochmal, ob er irgendwen im Treppenhaus sieht, steht auf und ruft herunter:

„Wir sind bewaffnet und werden uns verteidigen."

Er wartet, ob eine Reaktion kommt. Kommt aber nicht.

„Wie wollen kein Blutvergießen, aber wir sind zu allem bereit."

Er wundert sich über sich selbst. Er klingt souverän und entschlossen. Genauso, wie wenn er einen großen Bluff am Pokertisch vorbereitet und dann auch durchzieht.

„Wir wollen unsere Mädchen wieder!"

Hallt es von einer tiefen, osteuropäisch klingenden Stimme nach oben.

„Ihr kommt hier nicht raus. Gebt uns unsere Mädchen und wir verschwinden. Keinem muss etwas passieren!"

Miller freut sich über die Reaktion. Natürlich nicht über die Forderungen, aber jede Minute, die vergeht, bringt ihnen mehr Zeit bis die Verstärkung da ist.

„Also erstens Mal sind das nicht Eure Mädchen. Ihr habt sie entführt und wollt sie weiterverkaufen. Und zweitens glaube ich das nicht so ganz, dass keinem etwas passieren wird."

Miller klingt jetzt wieder viel zu freundlich.

Das hat er gerade selber gemerkt. Deshalb spricht er mit etwas tieferer und ernsterer Stimme weiter.

„Wir haben Euch ein Video geschickt. Dort sind Übergabeort und Zeit vermerkt. Wir wollen einen Austausch. Ihr habt etwas was wir wollen und umgekehrt."

Es herrscht absolute Ruhe. Miller wartet gespannt auf eine Reaktion. Einige Etagen höher sind die Drei und die Mädchen froh, dass keine Schüsse mehr gefallen sind.

„Wir haben das Video erhalten. Aber es wurde nichts von Ort und Zeit der Übergabe gesagt."

Miller schlägt sich an die Stirn. Der Typ hat Recht. Das wollten sie ja eigentlich gerade machen, als die Typen in das Gebäude eingedrungen sind.

„Und außerdem sind wir doch jetzt hier. Also holen wir uns jetzt die Mädchen und jeder geht seinen Weg."

„Das wird so nicht funktionieren." Miller sieht wie zwei der Gangster ganz langsam am Rand des Treppenhauses nach oben kommen wollen. Er schießt in deren Richtung. Der Knall hallt durch das ganze Gebäude. Die Mädchen und die anderen Drei zucken erschrocken zusammen.

„Ihr solltet nicht näherkommen. Hier kommt keiner an die Mädchen ran."

Ruft Miller wieder mit bestimmter Stimme in das Treppenhaus. Er wird langsam ruhiger. Der Schuss fiel ihm schon ein wenig leichter. Und die beiden Typen haben sich ganz schnell wieder zurückgezogen. Geschafft. Nächster Versuch unterbunden.

Miller schaut auf die Uhr. Langsam müsste sein neuer Kumpel Rob doch mal da sein. Wo bleibt der Kerl nur? Hoffentlich hat niemand die Schüsse gehört und die Polizei informiert. Das würde zwar auf der einen Seite helfen, auf der anderen Seite aber den Plan vernichten. Aber bisher ist noch nichts von irgendwelchen Streifenwagen zu hören. Im Gegenteil. Nichts und niemand ist zu hören. Außer Miller und die Gangster. Aber in der Gegend wohnt anscheinend kaum noch jemand.

Unterm Dach wird die Lage nicht wirklich entspannter. Die Mädchen frieren, zittern am ganzen Körper und haben Angst. Tom, Pete und Hannah haben mit Sicherheit auch Angst, aber sie versuchen, es nicht zu zeigen. Sie setzen ihre Hoffnungen in Millers Verhandlungsgeschick und natürlich in die Verstärkung, die jeden Moment auftauchen müsste.

Genau in dem Augenblick hört man quietschende Reifen.

Hannah geht zum Fenster und sieht, dass Rob mit seinen Leuten endlich eingetroffen ist. Sie winkt ihm zu, damit sie wissen, wo sich die meisten von Ihnen befinden.

Rob's Leute sind mit Maschinenpistolen bewaffnet. Sie verteilen sich und gehen von mehreren Seiten auf das Gebäude zu.

Miller hat die quietschenden Reifen natürlich auch gehört. Er hat es geschafft. Die Zeit hat gereicht, bis die Jungs da waren.

„Hey, seid Ihr noch da? Wir bekommen gerade Besuch von unseren Freunden. Denen seid Ihr schon in der Lagerhalle begegnet. Und die sind echt sauer, dass Ihr hier aufgetaucht seid. Mit denen würde ich mich an Eurer Stelle nicht anlegen."

Dieses Mal schwingt so ein leicht süffisanter Unterton mit. Als Hannah auf einmal hinter ihm steht und ihm auf die Schulter klopft.

„Du brauchst jetzt mal gar nicht überheblich zu werden. Die Situation ist noch nicht gerettet."

Miller zuckt zusammen. Der Schreck steht ihm ins Gesicht geschrieben. Damit hätte er jetzt nicht gerechnet. Er war voll auf die Gangster konzentriert.

„Komm zu uns nach oben, John Wayne."

Hannah zieht an seiner Jacke und Miller folgt ihr kommentarlos. In der Zwischenzeit haben sich Rob's Männer verteilt. Sie umkreisen das Gebäude. Die Gangster haben tatsächlich das Weite gesucht. Nochmal wollten die sich wohl doch nicht mit denen anlegen. Die Nummer in der Lagerhalle hat gereicht.

Rob kommt die Treppen hoch. Er blickt finster drein als er Miller und die anderen sieht. Hannah ergreift als erste das Wort.

„Vielen Dank, dass Ihr nochmal gekommen seid. Ohne Euch wären wir verloren gewesen."

Rob wollte eigentlich gerade loslegen und die Vier zusammenfalten, denn er kann sich auch was Besseres vorstellen, als quer durch die Stadt zu fahren, um den Vier mal wieder aus der Patsche zu helfen.

„Wir bleiben jetzt so lange bei Euch, bis die Nummer gelaufen ist. Anweisung vom Boss."

Er sagt das mit der Stimme, die genau zu seinem Gesichtsausdruck und zu seiner Laune passt. Nämlich mit wenig Freude und viel Frust.

Rob bekommt von seinem Team die Nachricht, dass das Gebäude sicher ist. Keine Gangster mehr in Sicht. Also außer den Anwesenden. Denn das müssen sich die Vier immer wieder klarmachen.

Aktuell bekämpfen sie Feuer mit Feuer. Die einen Gangster werden von den anderen Gangstern in Schach gehalten. Aber der Zweck heiligt die Mittel.

„Da wir jetzt bei Euch bleiben, hätte ich gern meine Waffe zurück."

Er streckt die Hand in Richtung Miller aus. Der holt die Waffe aus seine Innentasche, schaut noch einmal auf die Pistole, als wenn er sich von ihr verabschieden wollte, und übergibt sie dann an Rob.

„Danke. Die hat uns wohl das Leben gerettet."

Miller und die anderen sind sich in dem Moment bewusst, dass die Waffe ihnen und den Mädchen tatsächlich das Leben gerettet hat. Hätte Miller Rob nicht darum gebeten, wer weiß wie die Situation jetzt wäre.

Rob, dieser Hüne steht völlig emotionslos da und sieht immer noch nicht gerade begeistert aus, als eines der entführten Mädchen aus dem anderen Zimmer kommt und auf ihn zugeht.

Sie reicht ihm die Hand und sagt mit leiser Stimme:

„Vielen Dank. Ihnen und Ihren Männern. Sie haben uns schon zum zweiten Mal das Leben gerettet. Vielen Dank."

Sie sieht ihm tief in die Augen und zum ersten Mal scheint es, als wenn diese Worte in Rob etwas ausgelöst haben.

„Habe ich da etwa gerade ein kleines Lächeln gesehen?"

Miller grinst, während er das so in den Raum fragt.

Hannah stimmt ihm zu. *„Ich glaube auch. Er ist anscheinend doch kein Roboter. So ein kleines Lächeln war da gerade zu erkennen."*

Rob dreht sich um und während er zum Treppenhaus geht, ruft er den anderen zu: *„Kommt schon. Sammelt die Mädchen ein, wir bringen Euch erst mal von hier weg. Beeilung. Wer weiß, ob diese Typen mit Verstärkung wiederkommen."*

Alle verlassen schnellstmöglich das Gebäude. Rob fährt alle an einen sicheren Ort. Die Mädchen wurden noch einmal durchsucht, um auszuschließen, dass noch irgendwelche Sender an ihnen befestigt sind.

Pete schickt von unterwegs den Menschenhändlern den Übergabeort und die Zeit. Dieser Austausch muss auf jeden Fall funktionieren. Es dürfen keine Fehler mehr passieren. Aus diesem Grund klärt Miller Rob über den Plan der Vier auf. Er nickt anerkennend. Es scheint auch aus seiner Sicht ein guter Plan zu sein.

Es ist 22:30 Uhr. Die Zeit bis hierhin haben alle genutzt, um den Plan noch einmal durchzugehen. Wer positioniert sich wo? Was machen sie im Falle einer Gegenwehr? Womit müssen sie noch rechnen?

Die Mädchen konnten sich ausruhen. Sie wissen, dass bald alles wieder gut wird. Sie haben Vertrauen zu den Vier und auch zu Rob und seinen Leuten. Aber sie wollen jetzt auch endlich wieder nach Hause. Die letzte Aufgabe steht an. Nur im Wagen sitzen und sich zeigen, mehr müssen die Mädchen nicht machen. Sie werden bewacht und natürlich nicht an die Gangster ausgeliefert.

Ganz im Gegenteil. Die Gangster sollen der Polizei ausgeliefert werden. Jetzt wird es also ganz wichtig, dass das Timing hundertprozentig passt. Der Anruf bei der Polizei muss zu einem bestimmten Zeitpunkt erfolgen. Pete hat ganz exakt errechnet, wie lange die Cops brauchen, bis sie an dieser Unterführung sind. Vom Anruf bis zum Eintreffen sollten es um diese Uhrzeit genau 8 Minuten sein.

Rob's Leute sichern beide Seiten ab. Zwei von ihnen sind sie direkt an der Seite der Mädchen und die anderen postieren sie sich hinter den Gangstern. Sie lassen sie bis zu der Unterführung durchfahren und blockieren dann deren Rückzugsmöglichkeiten. Das heißt, nach hinten gibt es kein Entkommen.

Und von vorn sollte dann die Polizei erscheinen, um die Typen festzunehmen. So viel zur Theorie.

Doch was ist mit der konkreten Übergabe? Haben die Mister J wirklich dabei? Und was ist mit seiner Nichte? Ist Nicki in den Händen der Entführer oder haben die sie schon weiterverkauft?

Fragen, die auch die Vier quälen. Sie können nur hoffen, dass es beiden gut geht und dass alles so funktionieren wird, wie sie sich das vorstellen.

Noch eineinhalb Stunden bist zur Übergabe. Die Nervosität steigt. Also zumindest bei Hannah, Pete, Tom und Miller. Don Pedros Bodyguard und dessen Männer scheinen die Ruhe selbst zu sein. Für diese Jungs ist das wahrscheinlich keine große Sache. Wer weiß, was die schon alles angestellt haben. Aber das wollen die Vier gar nicht so genau wissen. Sie sind dankbar, dass die da sind.

Pete wird in diesem Moment bewusst, wie eingeschränkt die Vier doch sind, trotz all ihrer technischen Möglichkeiten und persönlichen Fähigkeiten. Klar hat Miller die Typen prima in Schach gehalten. Und sicherlich hätte Hannah so den einen oder anderen von diesen Mistkerlen ausgeschaltet. Aber diese extrem gefährliche Gesamtsituation bereitet Pete doch so einige Kopfschmerzen.

DIE ÜBERGABE

Die Vier sind nervös. Sie haben sich in verschiedene Fahrzeuge aufgeteilt. Sie sind mit je zwei Vans unterwegs. Die Mädchen sitzen hinten und hoffen, dass alles bald vorbei ist. Das geht Hannah, Pete, Tom und Miller auch nicht anders. Noch zehn Minuten. Dann müssten die Mistkerle erscheinen. Rob und seine Männer sind ebenfalls in Position. Je einer von ihnen sitzt hinten bei den Mädchen. Nur für den Fall der Fälle.

Es ist still da draußen so kurz vor Mitternacht. Keine Lkw die ihre Waren abliefern. Der Ort scheint perfekt für die vermeintliche Übergabe.

Die beiden Vans stehen so, dass sie ohne Probleme schnell von dort abhauen können, falls irgendetwas schiefläuft. Pete hat den Menschenhändlern ganz konkrete Anweisungen geschickt. Sie sollen am Ende des Tunnels aussteigen und Mister J und Nicki zeigen. Wenn sie das machen, dann würden die Mädchen von der anderen Seite des Tunnels losgeschickt. Was die Vier natürlich nicht tun werden. Aber sie müssen es zumindest so aussehen lassen.

Die Mädchen sollen, wenn überhaupt, nur einige Meter in den Tunnel hineingehen.

In der Zwischenzeit setzen sich Rob's Männer hinter das Lenkrad und fahren auf Millers Zeichen in den Tunnel. Und zwar so, dass die Mädchen direkt in die Vans einsteigen können und Mister J und dessen Nichte ebenfalls in die Vans springen können.

Falls die Gangster das Feuer eröffnen, steht Rob mit dem Rest seiner Crew hinter ihnen und kann sie ablenken.

So haben sie es alle besprochen. Jeder war dabei. Jeder weiß genau, was er zu tun hat. Jetzt muss der Plan nur noch funktionieren.

Es ist zwei Minuten vor Mitternacht. Noch nichts zu sehen von den Typen. Miller ist mit Rob und den anderen über Inears verbunden. Rob hat aber irgendwie ein ungutes Gefühl. Er kennt solche Gestalten. Die lassen sich normalerweise nicht so leicht überrumpeln. Die wissen genau was sie machen. Rob ist wachsam. Er rechnet mit allem.

Von den Vier ist nichts zu hören. Keiner redet. Alle sind extrem angespannt. So vieles ist bei diesem Fall schon schiefgegangen. Heute soll und muss alles klappen. Es ist gespenstisch ruhig. Die Mädchen in den Vans sind genauso angespannt, aber sie vertrauen den Vier. Umso mehr erhöht sich der Druck auf Hannah, Pete, Tom und Miller.

Letzterer nimmt Kontakt zu Rob auf.

„Hey Rob, es ist genau zwölf Uhr. Wie sieht es bei Dir aus? Ist irgendwas zu sehen?"

Es dauert ein paar Sekunden bis die Antwort kommt.

„Nein, hier ist alles ruhig. Ich habe aber ein schlechtes Gefühl. Alle müssen extrem achtsam sein."

Miller steht mit den anderen Drei vor den Vans. Sie schauen sich alle etwas fragend und verzweifelt an. Was sollen sie machen, wenn die Typen gar nicht auftauchen, wenn der Plan nicht funktioniert?

Plötzlich taucht aus der Dunkelheit ein Motorengeräusch auf. Rob informiert Miller, dass ein großer Transporter die Straße runterkommt.

„Okay Leute, es geht los, alle auf Position."

Gibt Miller das Kommando an alle.

Der Transporter bleibt, wie geplant, am Ende des Tunnels stehen. Es steigt aber vorerst keiner aus. Miller und die anderen gehen einige Schritte in den Tunnel hinein. Nur soweit, dass man sie besser sieht und dass sie einen Blick auf Mister J bekommen können.

Die Tür des Transporters geht auf und der Obermacker vom Hafen steigt aus. Das ist doch schon mal ein gutes Zeichen.

Wenn der Boss der Gangster persönlich erscheint, müsste doch alles funktionieren.

„Wo sind die Mädchen?" Schallt es durch den Tunnel.

„Die sind in den Vans. Wo ist unser Freund?"

Der Gangsterboss dreht sich zu dem Transporter.

„In dem Fahrzeug. Aber ich will erst die Mädchen sehen. Wenn sie vollzählig sind, dann bekommt Ihr Euren Freund zurück."

Miller gibt das Signal, dass die Seitentüren der Vans geöffnet werden, so dass der Blick auf die Mädchen frei wird.

„Ich kann von hieraus nichts erkennen. Sie sollen auf mich zukommen und dann machen wir den Austausch."

„Erst wollen wir unseren Freund sehen."

Der Boss gibt ein Zeichen in Richtung Transporter und die hintere Tür öffnet sich. Einer der Gangster bringt einen Mann in den Tunnel. Er hat eine Kapuze über dem Kopf, so dass man nicht erkennen kann, wer sich darunter verbirgt.

„Nehmt ihm die Kapuze ab. Wir müssen sicher sein, dass er es auch wirklich ist."

Der Boss zögert.

„Bist Du der Kerl, der auf meine Männer geschossen hat?"

„Wenn Sie von heute Morgen reden, dann ja, das war ich."

Der Kerl, der da neben Mister J steht, schüttelt anerkennend den Kopf.

„Vielleicht solltest Du lieber für mich arbeiten."

„Nein danke. Ich habe schon einen Job."

Der Boss zückt eine Pistole, hält sie dem vermeintlichen Mister J an den Kopf und ruft:

„Vielleicht sollte ich Eurem Freund, oder besser gesagt Eurem Boss einfach eine Kugel in den Kopf jagen. Was hältst Du davon?"

Hannah und die anderen zucken zusammen. Miller bleibt erstaunlich ruhig.

„Das könnten Sie machen. Aber dann werden Sie die Mädchen auf keinen Fall bekommen."

Das Ganze ähnelt mal wieder einer Pokerpartie. Der eine provoziert, der andere blufft. Miller ist ganz in seinem Element. Er schweigt und wartet auf den nächsten Zug.

„Du denkst doch nicht im Ernst, dass ich Dir glaube, dass Du mir die Mädchen einfach so aushändigen wirst. Nach dem ganzen Aufwand, den Ihr betrieben habt, um sie zu befreien, wäre das doch echt unlogisch."

Miller denkt gerade so wie am Pokertisch. Er will mich aus der Reserve locken. Er will mich testen.

Tom, Pete und Hannah gehen derweil ganz andere Gedanken durch den Kopf. Der Typ ist ja nicht auf den Kopf gefallen. So einfach würde das für ihn nicht werden. Er rechnet also mit einer Falle. Und warum sind überhaupt keine Leute von ihm dabei? Wo sind die ganzen Männer, die versucht haben heute Morgen das Gebäude zu stürmen?

Die Drei haben überhaupt kein gutes Gefühl bei der Sache.

„Da haben Sie grundsätzlich Recht. Aber unser Freund ist uns dann doch wichtiger. Die Mädchen werden wir später befreien."

Das hat gesessen. Jetzt sendet Miller sozusagen noch eine Kampfansage an diesen Typen. Dessen Reaktion lässt nicht lange auf sich warten. Ein lautes Gelächter schallt durch den Tunnel.

„Du hast echt Eier mein Freund."

„*Du weißt glaube ich nicht, mit wem Du es hier zu tun hast!? Du willst Dich mit mir anlegen? Okay, das hast Du ja schon getan. Aber jetzt drohst Du mir auch noch und forderst mich heraus? Vorsicht, dieses Spiel kannst Du nicht gewinnen.*"

Miller's Ton wird auch etwas aggressiver.

„*Was sollen wir jetzt machen? Wollen wir hier noch stundenlang rumquatschen oder machen wir jetzt den Austausch?*"

Hannah flüstert Miller über das Inear zu:

„*Was ist mit Mister J's Nichte? Wo ist Nicki?*"

Miller reagier sofort darauf.

„*Und übrigens. Wir wollen nicht nur unseren Freund, dem Sie bitte endlich mal diesen Lappen vom Kopf nehmen, sondern wir wollen auch ein Mädchen Namens Nicki.*"

Der Gangsterboss lacht hämisch.

„*Das wird ja immer besser. Was willst Du denn noch? Soll ich mich am besten gleich der Polizei stellen oder möchtest Du, dass ich mir selber in den Kopf schieße?*"

Er hält sich lachend die Kanone an den Kopf.

„*Du bist echt ein Witzbold.*"

Mittlerweile sind über zehn Minuten vergangen und die Parteien stehen immer noch da rum. Nicht das, was sich die Vier vorgestellt hatten.

Tom wendet sich an die anderen.

„Der Kerl will doch nur Zeit schinden. Wo sind dessen Männer? Wahrscheinlich haben die uns in der Zwischenzeit umzingelt. Das wird in die Hose gehen, wenn wir nicht sofort den Austausch machen."

Tom versucht zu beruhigen.

„Keine Angst Leute. Wir haben doch noch Rob und seine Leute. Die werden schon auf uns aufpassen."

Die Mädchen in den Vans kriegen das natürlich alles hautnah mit. Sie werden immer nervöser. Sie wollen auf gar keinen Fall wieder in die Hände dieser Menschenhändler fallen. Die beiden Fahrer versuchen sie zu beruhigen.

Miller hat das alles mitbekommen und macht jetzt Druck.

„Also, was ist jetzt?"

„Okay, lass die Mädchen aussteigen und auf mich zugehen. Wenn sie auf halbem Weg sind, schicke ich Euren Freund los."

Er zieht Mister J die Kapuze vom Kopf.

Er ist es wirklich. Also zumindest ist es der Mann aus dem Video. Aber wo ist Nicki?

„Was ist mit dem Mädchen?"

Der Boss schickt seinen Handlanger los. Der kommt mit einem jungen Mädchen zurück. Brünett, circa 15 Jahre alt. Das könnte Nicki sein. So, wie sie Mister J ansieht, ist sie es tatsächlich.

Miller winkt den Männern in den Vans zu. Sie steigen aus und lassen die Mädchen aussteigen. Diese gehen langsam und sichtlich verängstigt in Richtung des Tunnels. Die beiden Fahrer steigen wieder ein. Sie müssen ja schließlich die Mädchen und Mister J mit seiner Nichte und nicht zu vergessen, die Vier, wieder einsammeln.

Der Boss kriegt einen Anruf. Er winkt Miller zu, so nach dem Motto, schick die Mädchen rüber, dann kriegst Du Deine Leute.

Miller sieht zu den Mädchen und nickt ihnen zu.

„Habt keine Angst. Wir machen alles wie besprochen. Geht noch ein Stück weiter. Wenn ihr in der Mitte des Tunnels seid und die anderen Euch entgegenkommen, geht langsamer, damit wir Euch einsammeln können."

Das Telefonat ist beendet.

„Ach übrigens, es gibt da eine kleine Planänderung."

Miller ist überrascht. Was hat er denn jetzt schon wieder? Als plötzlich Rob mit seinen Leuten aus den Gebüschen kommt. Hinter ihnen bewaffnete Männer. Sie treiben sie vor sich her. Rob und seine Leute haben die Hände über den Köpfen.

Auf der anderen Seite des Tunnels stockt gerade allen der Atem. Die Vier sind völlig geschockt. Die Mädchen bleiben wie angewurzelt stehen. Und Rob's Männer springen sofort aus den Vans heraus, die Waffen in der Hand und wollen ihrem Chef zur Hilfe eilen.

„Halt halt halt. Nicht so schnell. Wer auch immer hier das Sagen hat, die beiden Witzfiguren sollen schön dahinten stehen bleiben. Sonst gibt es hier gleich ein Blutbad."

Rob ruft seinen Leuten zu, dass sie nicht näherkommen sollen. Sie bleiben daraufhin auf Höhe der Mädchen stehen.

„Wer stellt denn hier jetzt die Forderungen?"

Miller schweigt und ist entsetzt. So hatte er sich das nicht vorgestellt. Keiner hatte damit gerechnet. Jetzt haben sie alle ein riesiges Problem. Rob's Zweifel an der ganzen Sache waren berechtigt.

Sie wurden so schnell überrumpelt, sie hatten keine Chance.

Einer der Männer, die bei den Mädchen stehen, geht einen Schritt zurück, so dass er unauffällig mit Miller sprechen kann.

„Wir haben für solche Situationen einen Plan. Da Rob und die anderen nicht gefesselt sind, werden sie gleich für ein riesiges Durcheinander sorgen. Wir müssen ihnen allerdings zur Hilfe eilen. Zwei von Euch muss die Vans fahren. Kriegt Ihr das hin?"

Miller schaut zu den anderen. *„Habt Ihr das gehört?"*

„Ja, haben wir verstanden. Hannah und Tom fahren die Vans. Miller und ich sammeln die Mädchen wieder ein." Antwortet Pete.

Miller nickt. Alles klar. Jetzt kommt es also doch noch zum großen Showdown. Aber was ist mit Mister J und seiner Nichte? Er hat aber gar nicht lange Zeit darüber nachzudenken, denn genau in dem Moment dreht sich Rob um und entledigt sich seines Bewachers mit einem gekonnten Manöver. Seine Männer machen das Gleiche. Es entsteht Chaos. Hannah und Tom rennen zu den Fahrzeugen und die Mädchen laufen ebenfalls zurück. Rob's Männer eilen ihrem Chef zur Hilfe und feuern auf den Boss der Menschenhändler. Dieser schießt sofort zurück.

Dieses ganze Durcheinander können Mister J und Nicki nutzen. Mit gemeinsamer Kraft ringen sie ihren Bewacher nieder und rennen in den Tunnel. Mister J rennt voran. Nicki folgt ihm, als sie plötzlich stolpert. Sie fällt auf den Boden und hält sich den Arm. Mister J dreht sich um und will ihr gerade zu Hilfe eilen, da steht auch schon der Gangsterboss hinter Nicki und hält ihr die Pistole an den Kopf.

Pete und Miller wollen gerade, trotz des Kugelhagels, in Richtung Mister J und Nicki laufen, als sie nur den Revolver an Nickis Kopf aufblitzen sehen.

Rob und seine Männer haben einige Gegner niedergeschlagen, haben sich teilweise deren Waffen genommen und richten sie auf die am Boden liegenden.

„Da haben wir wohl eine Patt Situation. Mit so viel Gegenwehr hätte ich echt nicht gerechnet. Ich glaube, ich brauche eine neue Crew."

Er schaut mit einem finsteren Blick auf seine Männer herab.

„Ihr lasst jetzt sofort Eure Waffen fallen, sonst puste ich dem Mädchen den Kopf weg."

Rob sieht zu seinen Leuten, blickt dann zu Miller und danach zu Nicki. Das ist eine echt kritische Situation.

Gerade schien es, als hätten sie die Sache wieder im Griff und jetzt stehen sie da. Was sollen sie jetzt tun?

Keiner macht irgendwelche Anzeichen seine Waffen auf den Boden zu legen. Mister J verzweifelt gerade.

„Lassen Sie das Mädchen gehen. Nehmen Sie mich dafür. Ich bitte Sie."

Der Boss lacht hämisch. *„Was soll ich mit Dir? Ich will alle Mädchen und danach lege ich Euch alle um."*

Er schaut speziell zu Miller als er das sagt.

Aber genau in diesem Moment schlägt Nicki mit ihrem nicht lädiertem Arm dem Typen in den Magen. Der krümmt sich und nimmt automatisch die Waffe von Nickis Kopf. Die Männer, die eben noch am Boden lagen nutzen den Moment, um in den Van zu springen. Nicki wendet sich ab und will zu ihrem Onkel rennen, aber genau dann erwischt der Boss sie an ihrer Jacke. Er hält sie fest. Mit der anderen Hand hält er Rob und seine Leute in Schach.

Der Transporter kommt mit quietschenden Reifen angefahren, so dass der Gangsterboss mit Nicki einsteigen kann. Rob ist machtlos. Er kann nicht auf den Typen feuern ohne Nicki zu gefährden.

Mister J sackt zusammen. Er kniet dort und sieht nur noch dem Wagen hinterher. Nicki ist weg.

NIEDERLAGE

Sie können alle noch gar nicht so richtig fassen was hier gerade passiert ist. Miller und Pete stehen neben Mister J, der immer noch auf dem Boden kauert. Sie sind voller Adrenalin. Normalerweise müssten ihnen die Knie schlottern. Rob und seine Männer kommen hinzu. Er hilft Mister J vom Boden auf.

„Tut uns leid. Wir konnten leider nichts machen."

Mister J schaut zu dem Hünen auf.

„Sie trifft an der ganzen Sache überhaupt keine Schuld. Das war ganz alleine meine Schuld. Ihnen und Ihren Männern sind wir zu Dank verpflichtet."

Miller denkt sich gerade nur, ja das ist tatsächlich unser Mister J. Nur der findet in solch einer Situation die richtigen Worte und zeigt Größe.

Als plötzlich aus der Ferne Sirenen aufheulen. Die Polizei ist im Anmarsch.

„Das ist unser Zeichen, wir müssen verschwinden."

Rob ruft seine Leute zusammen und sie verschwinden in der Dunkelheit. Mister J sieht zu Miller und Pete.

„So hatte ich mir unser erstes Treffen nicht vorgestellt."

Miller und Pete sind immer noch völlig unter Strom, wissen aber nicht so recht wie sie jetzt mit der ganzen Situation umgehen sollen. Das erkennt Mister J und schickt sie deshalb weg.

„Sie gehen dann jetzt besser auch. Alle Vier."

Er schaut zu den Vans, in denen Hannah und Tom sitzen und die Mädchen bewachen.

„Ich werde das mit der Polizei schon regeln. Lassen Sie die Mädchen und mich hier. Ich melde mich bei Ihnen."

Die Sirenen kommen näher.

„Los jetzt. Nehmt Hannah und Tom und verschwindet von hier. Sofort!"

Sein Ton wird rauer. Aber er musste die beiden wachrütteln. Die waren völlig lethargisch. Pete wacht förmlich als erster auf und zieht Miller hinter sich her.

„Komm schon Miller. Wir müssen hier weg. Oder willst Du Dich mit den Cops unterhalten."

Miller sagt kein Wort. Er folgt Pete schweigend und leicht apathisch blickend. Sie laufen schnell zu den Vans, rufen Hannah und Tom zu, dass sie verschwinden müssen. Pete wendet sich auch noch kurz an die Mädchen.

„Ihr seid jetzt endlich frei. Ihr könnt wieder nach Hause. Es tut uns leid, dass Ihr das alles mitmachen musstet. Wenn die Cops Euch nach uns fragen, sagt bitte einfach, wir wären maskiert gewesen."

Die Mädchen nicken. Sie wirken erleichtert. Sie hören die Polizeisirenen natürlich auch und wissen, dass die ganze Sache nun endlich ein Ende hat.

Hannah, Pete, Tom und Miller rennen so schnell es geht zu ihren Autos. Sie werden es schaffen. Die Cops kommen von der anderen Seite. Sie fahren genau auf Mister J zu. Der steht in Mitten der Unterführung, hält die Hände in die Luft und wartet ab.

Einige Cops steigen aus, haben ihre Waffen in der Hand und verschanzen sich hinter den Fahrzeugtüren. Sie fordern Mister J auf, die Hände auf den Kopf zu nehmen und sich auf den Boden zu legen. Er folgt den Anweisungen. Währenddessen steigen die Mädchen aus den Vans und gehen, teilweise Arm in Arm, auf die Polizisten zu. Diese wundern sich, was so viele junge Mädchen hier machen.

Zwei Cops fixieren Mister J und zwei andere gehen auf die Mädchen zu. Einer der Cops ruft über Funk Verstärkung. Sie brauchen dort noch mehr Leute. Sie fordern ebenfalls Krankenwagen an, da sie sehen, dass es den Mädchen nicht besonders gut geht.

In der Zwischenzeit sind die Vier in ihren Autos und fahren zurück in Richtung Loft. Dieses Mal sitzen Hannah und Miller und Pete und Tom zusammen in den Fahrzeugen. Jedoch keiner der Vier verliert auch nur ein Wort.

Hannah fährt und Miller sitz schweigend auf dem Beifahrersitz. Im anderen Wagen das gleiche Bild. Tom fährt und Pete sitzt wortlos daneben.

Das Schlimmste was passieren konnte ist eingetreten. Der Plan ist völlig in die Hose gegangen. Alles ist aus dem Ruder gelaufen. So schön die Theorie war, so erschrecken anders verlief die Realität. Sie wurden kalt erwischt. Sie wurden klassisch ausgekontert. Ein Wunder, dass niemand bei diesem Durcheinander verletzt wurde. Also körperlich zumindest nicht. Aber wie sieht es in den Köpfen der Vier aus? Und was passiert jetzt mit Mister J?

Miller öffnet das Beifahrerfenster, fummelt den Knopf aus seinem Ohr und wirft ihn aus dem Fenster. Hannah sieht das und ist verwundert.

„Hey Miller, was soll das? Die Dinger brauchen wir noch."

Er schaut aus dem Fenster und antwortet leise.

„Wofür? Es lief doch alles schief, was schieflaufen konnte."

"Diese ganze Mission war von Anfang an zum Scheitern verurteilt."

Hannah versteht seine Frustration. Sie ist selber ein Perfektionist. Aber sie geht in diesem Moment nicht auf Millers Aussagen ein. Sie fährt einfach weiter. Tom folgt ihr.

Unterdessen sind mehrere Cops und zwei Krankenwagen am Tatort angekommen. Mister J sitzt mit Handschellen auf der Rückbank eines Polizeiwagens. Die Verstärkung sammelt die ganzen Mädchen ein und bringt sie nach und nach zu den Sanitätern. Zusätzlich kommt ein Kleinbus an, der die Mädchen danach aufs Revier fahren wird.

Ein dunkler Ford fährt in den Tunnel ein. Eine Frau und ein Mann steigen aus. Sie zeigen den anderen Cops ihre Marken. Sie sind vom FBI. Man hat sie wegen der Schießerei und der ganzen unübersichtlichen Lage hinzugezogen. Einer der Cops zeigt auf Mister J und erklärt den Agents, was sie hier vorgefunden haben.

Zur gleichen Zeit kommen die Vier im Loft an. Sie haben die Wagen in der Tiefgarage abgestellt und fahren mit dem Aufzug in das neue Loft. Keiner sagt etwas. Alle sind mit den Nerven völlig am Ende. Wen wundert es, nach dieser Nacht.

Genauer nach den letzten Tagen. Denn Miller hat schon recht mit dem was er gesagt hat. Im Grunde genommen ist alles, was die Vier in diesem Fall angepackt haben in die Hose gegangen. Bis auf das Ausfindig machen und die Rettung der Mädchen aus der Lagerhalle. Wobei die Rettung ja Rob und seine Leute übernommen haben. Es geht also nicht wirklich viel auf das Konto der Vier.

Sie gehen alle in den Wohnbereich und setzen sich auf die Couch. Sie starren nur so vor sich hin. Bis Pete auf einmal das Wort ergreift.

„Es stimmt, wir haben echt Mist gebaut. Wir haben aber auch viel Gutes erreicht. Immerhin haben wir, mit Hilfe von Rob, die Mädchen befreit. Wenn Du Miller, nicht die Knarre gehabt hättest und somit die Typen in Schach gehalten hättest, dann säßen wir jetzt wahrscheinlich gar nicht hier."

Die anderen gucken Pete und dann sich gegenseitig an. Er hat Recht mit dem was er sagt. Aber trotzdem ist es nur ein kleiner Trost. Pete ist aber noch nicht fertig.

„Und was wir jetzt auf gar keinen Fall machen werden, ist den Kopf in den Sand stecken. Wir haben schließlich noch eine Aufgabe vor uns. Und zwar die Befreiung von Nicki."

Auch hiermit hat er vollkommen Recht. Allerdings ist die Motivation der anderen gerade auf dem absoluten Tiefpunkt. Sie sind enttäuscht und müde. Sie sind frustriert und genervt. Am liebsten würden sie gerade alles hinschmeißen. Aber das lässt Pete nicht zu.

„Also, was können wir tun, um Nicki da rauszuholen? Vorschläge?"

Er sieht fragend in die Runde. Doch die Blicke der anderen sind nicht gerade vielversprechend.

„Kommt schon. Ich will hier nicht den Alleinunterhalter spielen."

Tom schaut auf die Uhr. *„Pete, hast Du mal auf die Uhr gesehen? Wir sind müde. Es ist kurz nach 1 Uhr nachts. Wir können nicht mehr klar denken."*

Pete schüttelt den Kopf. *„Und, was sagen wir Mister J? Dass wir zu müde waren, um Nicki aufzuspüren? Schließlich haben WIR es nicht geschafft, sie zu retten."*

Apropos Mister J. Der wird in der Zwischenzeit vom FBI verhört. Was wird mit ihm passieren? Im Grunde genommen hat er ja nichts verbrochen. Ganz im Gegenteil. Er wurde ja von den Menschenhändlern entführt. Doch die Frage ist auch, was erzählt er den Leuten vom FBI? Was erzählt er denen über die Vier?

Es vergehen weitere Stunden, in denen die Vier nicht wirklich einen klaren Gedanken fassen können. Teilweise nicken sie regelrecht ein auf der Couch. Teilweise sitzen sie da und starren vor sich hin. Sie müssen immer noch die Geschehnisse der letzten Nacht und der letzten Tage verarbeiten.

Plötzlich geht die Eingangstür des Lofts auf und Mister J kommt herein. Jetzt sind alle auf einmal hellwach. Sie springen auf und gehen auf ihn zu. Aber wie sollen sie im Begegnen? Miller reicht ihm die Hand.

„Hallo Mister J, wie geht es Ihnen?"

Tom blafft Miller an. *„Was für eine dämliche Frage Miller. Wie soll es ihm schon gehen?"*

Mister J erwidert den Handschlag von Miller.

„Danke, Mister Miller. Den Umständen entsprechend geht es mir gut."

Er begrüßt Pete und Tom ebenfalls mit einem Handschlag. Als er auf Hannah zugeht und ihr die Hand reichen will, nimmt sie ihn erst mal in den Arm.

„Schön Sie kennenzulernen Mister J. Allerdings hätte ich mir andere Umstände gewünscht als diese."

Mister J ist sichtlich gerührt. Er sagt erst mal nichts. Er schaut sich diese Vier jungen Menschen an.

Keiner weiß so recht, wie er jetzt mit dieser neuen Situation umgehen soll. Das hatten sich alle anders vorgestellt. So wollten die Vier Mister J nicht kennenlernen. Aber nun ist die Stunde der Wahrheit da. Doch keiner traut sich zu fragen, wer er ist. Also wie er heißt und warum er gerade diese Vier auserwählt hat? Alles Fragen, die ihnen zwar durch den Kopf gehen. Aber es ist nicht der richtige Zeitpunkt. Im Moment sind andere Dinge wichtiger.

„Ich kann mir vorstellen, liebe Freunde, dass Sie alle viele Fragen haben. Und ich möchte sie auch gern beantworten. Jedoch seien Sie mir nicht böse, dass im Moment ein anderes Thema Priorität hat. Nämlich meine Nichte Nicki."

„Ich wurde die letzten Stunden von der Polizei und dem FBI zu den ganzen Vorfällen verhört. Allerdings hat sich schnell rausgestellt, dass ich kein Verdächtiger, sondern ein Opfer bin. Deshalb wurde aus dem Verhör auch sehr schnell eine Befragung."

„Und dank meiner guten Kontakte haben sie mich dann auch schnell wieder gehen lassen."

Alle stehen da mitten im Raum und hören Mister J gespannt zu. Seine Stimme klingt anders, als über die Lautsprecher. Seine Art und Weise zu reden, entspricht aber genau dem Altbekannten.

Und Hannah braucht jetzt auch nicht mehr an die Decke zu schauen, wenn Mister J's Stimme erscheint, denn er steht ja unmittelbar vor ihr.

„Wenn Sie einverstanden sind, versuchen wir erst mal Nicki zu befreien und dann klären wir alles Weitere. Ist das okay für Sie?"

Alle nicken Mister J zu. Irgendwie haben die Vier ihre Müdigkeit vergessen. Den ganzen Frust und Ärger von sich abgeschüttelt. Jetzt, da Mister J live vor ihnen steht, liegt auf einmal eine ganz andere Stimmung in der Luft. Es ist womöglich noch einmal das letzte Aufbäumen. Die letzten Reserven werden noch mal abgerufen. Schlafen können sie irgendwann immer noch. Jetzt müssen alle wieder gemeinsam an einem Strang ziehen, damit sie eine Chance haben, Nicki zu retten.

Pete wendet sich an Mister J. *„Also Mister J, was schlagen Sie vor? Wie sollen wir Nicki finden?"*

Mister J lächelt. *„Genau mit dieser Frage habe ich gerechnet. Und da ich wusste, dass Sie mir diese Frage stellen werden, habe ich auf der Fahrt hierhin im Taxi telefoniert. Ich habe verschiedene Kontakte aus dem Schlaf gerissen. Menschen, die mir noch einen Gefallen schuldig waren."*

„Und?"

Mister J erzählt den Vier von einem ehemaligen CIA Agenten, der jetzt im Privatsektor arbeitet. Da er aber noch über exzellente Kontakte zur CIA verfügt, wollte er ihm alle Informationen zukommen lassen, die dort über diese Typen vorliegen. Diese Informationen sollten noch viel weitergehen, als dass was die Vier zu Beginn dieses Falles von Mister J erhalten hatten.

„Pete, schauen Sie bitte mal Ihre Mails durch. Wenn eine Nachricht von Tito Mike dort erscheint, dann ist es das was uns eventuell weiterhelfen wird."

Hannah schmunzelt. *„Tito Mike. Das ist lustig. Er ist also Ihr Onkel Mike?"*

Mister J lächelt nur, antwortet aber nicht darauf.

Pete öffnet eine Mail mit genau diesem Absender. Er wirft die Daten und Fakten auf die großen Monitore an der Wand. Im Betreff steht: *Das sind die neuesten Informationen zu dieser Ostblockbande!*

Alle schauen ganz gespannt auf die Monitore. Es erscheinen Fotos der Männer. Fotos der Mädchen und verschiedene Namen und Orte. Unter anderem zwei Adressen in Queens und eine nahe des Flughafens JFK.

Mister J erklärt den anderen, dass er eine der Adressen auch schon kannte und dort im Alleingang etwas erfahren wollte. Es ist eine der Adressen in Queens. Dort haben die Typen ihn geschnappt. Von da an wurde er mit verbunden Augen durch die Stadt gefahren. Er konnte nur einmal erkennen, wo er war und das war die Lagerhalle, in der auch die Mädchen festgehalten wurden.

Dort hat er auch Nicki getroffen. Sie haben sich sofort erkannt, so dass Nicki auf ihn zugehen wollte. Das haben leider auch die Menschenhändler registriert und daraufhin herausgefunden, dass Nicki seine Nichte ist.

Den Rest kennen die Vier, denn daraufhin wurde die Mail an sie versendet, die das Video von Mister J enthielt.

Miller ist auch wieder hellwach. *"Bleiben also noch zwei Adressen übrig. Eine in Queens und eine in der Nähe vom Flughafen."*

"Das ist korrekt. Und da jede Minute zählt, sollten wir keine Zeit verschwenden und uns aufteilen. Sie Mister Miller fahren bitte mit Hannah und Tom nach Queens. Ich werde mit Pete die andere Adresse in Angriff nehmen."

Die Vier schauen sich an. Sie sind wieder unter Strom.

Es kann losgehen. Auf zur letzten Chance. Denn eines ist allen bewusst. Wenn sie es dieses Mal nicht schaffen, Nicki zu befreien, dann ist sie weg. Dann ist alles vorbei. Es ist auch gar nicht mehr wichtig, diesen Typen das Handwerk zu legen, wichtig ist nur Nicki.

Miller ergreift noch einmal kurz das Wort.

„Das wird unsere letzte Chance. Diese Niederlage, die wir alle erlebt haben, davon lassen wir uns nicht unterkriegen. Wir werden Nicki befreien. Und zwar heute Nacht. Also, auf geht's."

Hannah schaut zu ihm rüber. *„Nette Ansprache. Willkommen unter den lebenden."*

Sie übergibt ihm ein neues Inear, da er sein altes ja aus dem Wagen geworfen hatte. Miller grinst nur und steckt sich den Knopf ins Ohr.

„Damit wir auf alle Eventualitäten reagieren können, sollten wir noch etwas mitnehmen."

Mister J geht zur Küche, drückt einen verborgenen Schalter, sodass sich ein Schrank hinter einem Schrank öffnet. Mal wieder ein besonderes Versteck, dass Mister J dort eingerichtet hat.

„Ich hatte zwar die Hoffnung, dass wir diese Sachen nicht benötigen werden, aber jetzt kommen wir wohl nicht mehr Drumherum."

Er geht einen Schritt zur Seite und macht den Blick frei auf eine Waffensammlung der besonderen Art. Die Vier sind platt. Dort liegen Pistolen, Schrotflinten, Schlagstöcke und weitere Kampfutensilien.

Alle gehen etwas näher ran, um diese Waffen genauer zu begutachten. Mister J sieht die teilweise entsetzten Gesichter.

„Ich weiß, dass Sie alle nichts mit Waffen zu tun haben wollen..."

„Na außer unser Freund Miller. Der hat da schon so seine Erfahrungen." Ruft Hannah ketzerisch dazwischen.

„...jedoch ist die Gegenpartei zu gefährlich, als dass wir ohne eine gewisse Feuerkraft dort auftauchen können."

„Wenn es geht, dann werden wir die Waffen nicht benutzen. Aber wenn man uns keine andere Wahl lässt, dann müssen wir uns verteidigen."

„Und damit Sie keine weiteren Bedenken haben, in der Schublade liegen für jeden von Ihnen offizielle Waffenscheine. So dass wir auf der sicheren Seite sind."

Tom meldet sich auch mal zu Wort. Er ist ja eher der stille Typ.

„Mister J, Sie sind echt immer wieder für Überraschungen gut. Das muss man Ihnen lassen."

Er nimmt sich eine Waffe und begutachtet sie genauer. Gleiches machen auch Pete und Miller. Wobei sich Pete dabei doch sehr ungeschickt anstellt. Kein Wunder, ein Computerfreak wie er, der hat mit Waffen ja mal gar nichts zu tun. Zumindest nicht in der Realität. Egoshooter hat er natürlich schon zu Genüge gespielt. Aber das kann man dann wohl doch nicht mit der Realität vergleichen.

Hannah greift nicht zu den Schusswaffen. Sie nimmt sich lieber einen der Schlagstöcke. Dieser Teleskopstock, der hat es ihr angetan. Sie macht ein paar Trockenübungen. Sie hantiert damit, als hätte sie nie etwas anderes gemacht. Sie kennt solche Waffen aus ihrem Training. Dort dienen sie eigentlich der Verteidigung. Das kann ihr später vielleicht sehr nützlich sein.

Die Jungs lassen sich von Miller ein wenig in die Handhabung der Waffen einweisen. Laden, entsichern, halten, und dergleichen. Er kenn sich da ja jetzt schon etwas besser aus. Wohl ist Pete und Tom allerdings nicht. Sie würden es lieber ohne Waffen klären. Aber die Vergangenheit hat gezeigt, dass das nur ein Wunschtraum ist. Also müssen da alle durch. Sie haben keine andere Wahl.

Eine große Wahl bei der Verteilung der Fahrzeuge wird auch nicht getroffen. Keine Diskussionen, wer welches Auto nimmt, jeder greift sich einen Schlüssel und auf geht's.

Alle verlassen zusammen das Loft und fahren in die Tiefgarage. Tom setzt sich ans Steuer. Er ist der erfahrenste unter ihnen. Falls es später doch irgendwie brenzlig wird oder sie schnell verschwinden müssen, wird er wahrscheinlich die größte Ruhe bewahren.

Mister J und Pete gehen auf ihren Wagen zu. Pete wirft die Schlüssel Mister J zu. *„Hier, sind ja Ihre Autos."*

Mister J grinst, fängt den Schlüssel und öffnet den Wagen. Er fährt mit Pete zu der Adresse in der Nähe des Flughafens. Die anderen fahren zu der in Queens. Sie haben sich darauf verständigt, dass sie erst mal dorthin fahren, sich vorsichtig umsehen und dann gegenseitig Kontakt aufnehmen. Erst dann wird entschieden, wie es weitergeht.

Da es spät in der Nacht oder besser gesagt früh am Morgen ist, kommen beide Teams zügig voran. Die Dreiergruppe erreicht ihr Ziel als erstes. Sie parken einige Häuser entfernt. Es ist noch dunkel draußen, aber es dauert nicht mehr lange bis die Morgendämmerung einsetzt.

Sie müssen sich also beeilen, um die Dunkelheit noch auszunutzen und sich unbemerkt an das Haus heranschleichen.

Mittlerweile ist das andere Team ebenfalls an ihrer Adresse angekommen. Bei den beiden ist es nicht ganz so ruhig, wie bei den anderen in Queens. Die Flugzeuge machen genauso viel Lärm wie die ganzen Transporter und Lkw, die ihre Fracht transportieren. Es wird um einiges schwieriger, ungesehen an das Grundstück heranzukommen.

Hannah, Tom und Miller haben sich dem Haus genähert. Sie haben vorher die Straße gecheckt. Kein bekanntes Fahrzeug zu sehen. Aber das muss ja nichts heißen. Sie nähern sich von allen Seiten und versuchen irgendwas zu entdecken. Sie sind extrem vorsichtig und leise. Jetzt nur nicht auffallen.

Plötzlich ein lautes Bellen hinter dem Haus. Hannah zuckt zusammen. Ein Hund im Nachbargarten bellt wie verrückt und zerrt an seiner Leine. Die anderen bekommen das natürlich mit. Dafür brauchen sie nicht mal ihre Inears. Der Lärm ist so laut, der weckt die ganze Nachbarschaft auf. Hannah versucht den Hund zu beruhigen, gelingt ihr aber nicht. Genau in dem Moment geht ein Fenster auf. Hannah springt im letzten Moment hinter ein Gebüsch.

„Immer diese scheiß Töle. Kann mal einer diesen dämlichen Hund abknallen. Jede Nacht bellt der hier rum."

Es scheint also auf jeden Fall jemand da zu sein. Das ist schon mal gut. Weniger gut ist, dass jetzt alle wach und gewarnt sind. Auch wenn die Gangster sicher nicht damit rechnen, dass die anderen dort auftauchen, wird es jetzt ungleich schwerer.

Die Drei ziehen sich wieder zurück. Sie wollen erst mal Kontakt zu Mister J und Pete aufnehmen. So wie besprochen. Die beiden haben den Hundelärm natürlich auch mitbekommen. Sie haben sich ihrem Ziel bereits genähert, konnten aber nichts Verdächtiges erkennen. Dort scheinen die Menschenhändler Nicki schon mal nicht festzuhalten. Also machen sich die beiden auf zu den anderen Drei.

Auf der Fahrt dorthin entscheiden alle, dass sie warten bis Pete und Mister J in Queens angekommen sind. Dies wird aber noch einige Minuten dauern. In dieser Zeit überlegen sich die anderen einen Plan, wie sie am besten vorgehen wollen. Es wird schon langsam heller. Der Überraschungseffekt könnte aber trotz des Hundes noch da sein. Denn es rechnet keiner mit ihnen. Aber was sollen sie konkret machen? Einfach in das Haus reinstürmen, ohne Rücksicht auf Verluste?

Zu gefährlich. Was würde Rob an deren Stelle machen? Wobei das auch nicht wirklich weiterhilft. Die Drei, beziehungsweise die Fünf sind nicht Rob und seine Leute. Also erübrigt sich die Frage.

Miller hat eine Idee. Er grübelt schon die ganze Zeit. Er will die vermasselte Übergabe wiedergutmachen.

„Wir machen folgendes. Ich werde dort allein reinmarschieren." Die anderen wollen gerade entsetzt protestieren, das wiegelt Miller aber direkt ab.

„Wartet doch erst mal, was ich vorschlagen will. Ich werde also ganz locker flockig durch die Vordertür dort reingehen. Also ich werde klingeln und warten was passiert."

Hannah und Tom verdrehen die Augen und schütteln den Kopf. Miller fährt fort:

„Der Boss von diesen ganzen Vollidioten hat mich doch gefragt, ob ich nicht lieber für ihn arbeiten will. Und genau das nutzen wir. Ich werde so tun, als wenn ich mich mit Euch im Streit getrennt hätte und keinen Bock mehr auf diesen Heile Welt Befreiungskram hätte."

„Dann kommt Ihr ins Spiel. Während die Typen voll und ganz mit mir beschäftigt sind, stürmt Ihr das Haus."

„Eine tollkühne Idee, Mister Miller. Aber auch ein sehr gefährliches Unterfangen. Sie müssen auf jeden Fall warten, bis wir bei Ihnen sind."

So wirklich überzeugt von der Idee sind Hannah und Tom aber noch immer nicht. Sie haben allerdings auch keine andere oder bessere Idee. Also werden sie es wohl so durchziehen müssen.

Das Ganze hört sich aber eher nach einer Kamikazenummer an. Denn sie wissen ja überhaupt nicht, ob Nicki tatsächlich in diesem Haus gefangen gehalten wird und wie viele von diesen Gangstern sich dort aufhalten. Das könnte also auch ganz gewaltig nach hinten losgehen. Das Gute an der Sache ist, dass damit wohl wirklich keiner rechnen würde. Allerdings muss sehr schnell gehandelt werden. Da sie mit Mister J jetzt zu fünft sind, können sie das Haus von vorn und hinten jeweils zu zweit stürmen. Keiner darf zögern. Wenn es nötig ist, muss geschossen werden.

Das hätte vor kurzem auch noch keiner gedacht, dass es mal so weit kommt, dass die Vier zu anderen Mitteln greifen müssen. Sie haben keine andere Wahl. Jetzt heißt es alles oder nichts. Hoffentlich geht die Nummer gut. Es ist die letzte Chance, Nicki zu befreien. Alle sind voll konzentriert. Keine Spur mehr von dem Frust der letzten Tage oder der Müdigkeit.

Mister J und Pete haben den Treffpunkt erreicht. Miller steht schon parat. Spricht sich selber Mut zu. Er will Nicki auf jeden Fall dort rausholen, komme was wolle. Er blickt auf seine Waffe. Das Magazin ist voll, eine Patrone ist im Lauf und sie ist entsichert. Kann also losgehen. Er versteckt die Waffe hinter seinem Rücken.

Die Morgendämmerung setzt langsam ein. Es wird allerhöchste Zeit. Mister J wendet sich nochmal an alle, aber speziell auch an Miller.

„Also liebe Freunde, ich weiß Ihr Engagement wirklich zu schätzen. Ja, es hat leider nicht alles so funktioniert, wie wir es geplant hatten. Aber lassen Sie mich Ihnen eines sagen. Wenn ich nicht diesen dämlichen Alleingang gewagt hätte, dann wäre die ganze Situation bestimmt nicht so aus dem Ruder gelaufen."

„Deshalb, Sie müssen das jetzt nicht tun. Sie, Mister Miller müssen das jetzt nicht machen. Ich gehe dort auch alleine rein. Sie alle haben schon genug getan und auch genug erleiden müssen."

Er schaut dabei speziell Hannah und Tom an.

Die Blicke der Vier wandern hin und her.

„Wir sind jetzt so weit gegangen, also gehen wir den letzten Weg auch gemeinsam"

Hannah spricht allen damit aus der Seele. Sie werden es jetzt und hier beenden. Hoffentlich.

Miller bespricht mit allen noch einmal den zeitlichen Ablauf. Wenn er drin ist, sollen alle genau zwei Minuten warten, bis sie das Haus stürmen. Er wird ihnen von innen heraus Deckung geben.

Nachdem er das gesagt hat, fackelt er nicht lange. Genug der ganzen Worte. Jetzt müssen Taten folgen. Kein Abklatschen oder sich gegenseitig Glück wünschen. Er geht geradewegs auf die Eingangstür zu. Er steht dort auf der Matte, dreht sich noch einmal um, sieht, dass alle auf ihre Positionen gegangen sind und klingelt.

Der Hund von Nebenan fängt wieder an zu bellen. Die Tür öffnet sich und der Typ will gerade den Hund wieder anschnauzen, da bleibt ihm glatt die Spucke weg. Er zückt seine Waffe und hält sie Miller an die Stirn.

„Ach du Scheiße. Was willst Du denn hier? Bist Du lebensmüde?"

„Jungs, Ihr glaubt nicht, wer hier an unserer Tür steht."

Von drinnen kommen zögerlich Rufe, dass der Köter endlich Ruhe geben soll. So richtig, hat das wohl keiner der anderen Gangster verstanden.

Miller nutzt deshalb seine Chance.

"Dein Boss hat mich doch gefragt, ob ich nicht lieber für ihn arbeiten will? Und das will ich. Ich habe keinen Bock mehr auf die Gutmensch-Nummer."

Der Gangster nimmt für einen kurzen Moment die Waffe aus Millers Gesicht. Das ist sein Moment. Er geht mit einem beherzten Sprung auf den Typen zu, überrumpelt ihn und zieht selber seine Waffe. Durch das strauchveln hat der Gangster seine Waffe verloren. Sie liegt einen Meter entfernt auf dem Boden.

"Pst. Kein Wort zu Deinen Kumpels. Wo ist Nicki?"

Miller drückt ihm jetzt seine Waffe auf die Stirn.

"Wo ist Nicki, Du mieser Dreckskerl?"

"Hier ist niemand außer uns." Flüstert der Typ sichtlich eingeschüchtert. Damit hätte er wohl am allerwenigsten gerechnet.

"Willst Du mich verarschen? Sag mir sofort, wo Ihr sie versteckt haltet, sonst blase ich Dir ein Loch in den Schädel."

Er hört sich gerade selber zu. Na gut, war ein wenig Dirty Harry Style, aber egal. Hauptsache es wirkt. In dem Moment kommen Hannah und Pete durch die Eingangstür.

Sie konnten das Ganze von Draußen hören, deshalb verhalten sie sich leise. Jetzt guckt der Mistkerl richtig blöd aus der Wäsche. Damit hätte er ebenfalls nicht gerechnet. Hannah steht dort kampfbereit mit ihrem Schlagstock in der Hand und Tom zielt ebenfalls mit seiner Waffe auf den am Boden liegenden Gangster.

Miller winkt die beiden an sich vorbei. Sie sollen weiter rein gehen in das Haus. Sie müssen Mister J und Pete Deckung geben, denn genau in diesem Moment kommen die beiden durch die Hintertür rein. Sie stehen direkt in der Küche. Niemand da. Sie gehen langsam zur nächsten Tür. Sie steht einen Spalt weit offen. Pete kann drei Typen im Wohnzimmer sehen. Es liegen Waffen auf dem Tisch.

Miller hebt vorsichtig die andere Waffe vom Boden auf. Er flüstert dem Typen zu, dass er aufstehen und langsam in das Wohnzimmer gehen soll. Er drückt ihm seine Waffe in den Rücken.

"Keine hektischen Bewegungen. Du weißt, dass ich abdrücken werde. Rein da, aber langsam."

Der Gangster folgt seinen Anweisungen. Er öffnet langsam die Tür, die anderen Gangster schauen zu ihm und wollen sofort zu ihren Waffen greifen. Pete und Mister J stürmen in das Zimmer und richten ihre Waffen auf die verdutzten Typen.

„Das solltet Ihr lieber lassen." Ruft Mister J mit entschlossener Stimme.

„Sag Deinen Leuten, dass Sie die Hände auf den Kopf nehmen sollen."

Der Gangster, den Miller in Schach hält zögert. Er sieht zu seinen Leuten, schaut zu Mister J und Pete.

„Macht, was der Kerl sagt. Lasst die Finger von den Waffen und nehmt die Hände hoch."

Die anderen Gangster fluchen und murmeln irgendwas auf Russisch vor sich hin. Aber sie folgen der Aufforderung.

Da die anderen alles Im Griff zu haben scheinen, sind Hannah und Tom schon mal die Treppe hochgegangen. Hannah signalisiert Tom, dass er die Zimmer auf der rechten Seite nehmen soll und sie nimmt die auf der anderen Seite. Sie schleichen langsam an die entsprechenden Türen. Für die beiden da oben ist es ein sehr gutes Zeichen, dass unten im Haus nicht geschossen wurde. Zum einen scheint Miller die Situation im Griff zu haben und zum anderen wird sonst niemand auf die Eindringlinge aufmerksam. Denn, wer weiß, wie viele von denen sich noch im Haus aufhalten?

Beide öffnen zeitgleich die ersten Türen. Niemand drin. Sie gehen weiter zur nächsten Tür.

Hannah nickt Tom zu und sie öffnen die Türen. Auch hier niemand zu sehen. Jetzt bleiben noch die letzten zwei Türen. Je eine auf jeder Seite der beiden. Dieses Mal wollen sie die Türen nacheinander öffnen.

Tom fängt an. Er drückt langsam den Türgriff nach unten, schiebt die Tür ganz vorsichtig auf, wieder leer. Keiner zu sehen. Er geht rüber zu Hannah. Sie öffnet ebenfalls die Tür sehr leise und vorsichtig. Tom hat die Waffe auf das Zimmer gerichtet. Hannah hat ihren Schlagstock in Position. Sie schlägt die Tür mit einem ordentlichen Ruck auf, schaut rein. Ein leeres Zimmer. Hier oben ist tatsächlich niemand.

Tom informiert die anderen über die Inears. Sie gehen in den Keller. Hoffentlich ist Nicki dort. Sie haben kein gutes Gefühl.

Derweil scheinen Miller und die anderen die Lage im Griff zu haben. Die Gangster sitzen mittlerweile alle wie aufgereiht auf der Couch. Die Hände auf dem Kopf, die Waffen weit weg, starren sie die Drei mit bösen Blicken an.

„Wenn unser Boss das erfährt, könnt Ihr schon mal Euer eigenes Grab schaufeln. Ihr seid so gut wie tot."

Miller und die anderen reagieren gar nicht darauf. Sie bleiben voll konzentriert. Mister J signalisiert den beiden, dass er ebenfalls in den Keller geht.

Sie nicken ihm zu und richten die Waffen weiterhin auf die Gangster. Endlich scheint ja mal etwas glatt zu laufen, denkt sich Miller in dem Moment. Jetzt müssen sie nur noch das Glück haben, dass Nicki im Keller ist. Dann wäre alles gut.

Hannah und Tom gehen ganz leise die Treppe runter. Nicki muss da unten sein. Jetzt geht es drum. Sie lassen das Licht aus. Hannah macht die Taschenlampe ihres Handys an. Sie gehen Stufe für Stufe herunter. Mister J ist hinter ihnen.

Hannah leuchtet, unten angekommen durch den Raum. Keine Nicki zu sehen. Aber etwas anderes springt ihnen ins Auge. Mister J macht das Licht an. Tom und Hannah zucken kurz zusammen.

„Das ist ja mal der Wahnsinn. Wieviel mag das wohl sein?" Fragt Hannah ganz erstaunt.

Tom antwortet spürbar überrascht. *„Millionen."*

Sie gehen auf einen Tisch zu. Auf diesem Tisch stehen mehrere Koffer. Sie sind geöffnet. Sie sind voller Geld.

„Das müssen tatsächlich mehrere Millionen sein."

Hannah und Tom haben noch nie so viel Geld auf einmal gesehen. Beeindruckend. Schöner wäre es allerdings, wenn Nicki dort unten gewesen wäre.

Mister J sieht sich die Koffer genauer an. Er ist traurig. Nicki wäre ihm lieber gewesen. Aber er hat sofort eine Idee.

„Das sind fünf Koffer. Ich schätze mit je zwei Millionen Dollar. Also zehn Millionen insgesamt."

Miller und Pete haben das alles mitbekommen. Sie rufen die anderen zu sich nach oben.

Nun stehen sie da alle im Wohnzimmer dieses Hauses. Die Gangster überwältigt. Das ging irgendwie alles zu leicht. Keine Gegenwehr. Kein Schusswechsel. Und leider hatte der Gangster recht. Nicki ist nicht hier. Mister J wendet sich an die mittlerweile gefesselten Gangster. Speziell an den, der Miller die Tür geöffnet hat.

„Du wirst jetzt Deinen Boss anrufen und ihm sagen, dass wir sein Geld haben und es gegen Nicki eintauschen werden."

Dieser Spruch scheint den Gangster nicht besonders beeindruckt zu haben. Er grinst nur hämisch und schüttelt den Kopf.

„Was ist daran so lustig? Was hast Du nicht verstanden, Du Dreckskerl?"

Der Gangster sieht zu Mister J auf.

„Du hast mich nicht verstanden. Du bist tot. Und Deine Freunde sind es auch. Er wird Euch alle umlegen."

Das scheint Mister J aber nicht weiter zu beunruhigen.

„Ich sehe das ein bisschen anders. Wenn Euer Boss erfährt, dass Ihr Vollidioten nicht mal in der Lage wart, gegen fünf Amateure Euch durchzusetzen und auf das dreckige Geld aufzupassen, dann nehme ich an, dass Ihr die ersten sein werdet, die von dieser Erde verschwinden."

„Also, ruf jetzt Deinen Boss an uns sag ihm, dass wir uns treffen müssen."

Der Gangster spuckt auf den Boden. *„Einen Scheiß werde ich!"*

Mister J schaut zu Hannah. *„Dürfte ich Sie mal um Ihren Schlagstock bitten?"*

Hannah schaut verwundert. Was hat Mister J vor? Sie reicht ihm den Schlagstock. Er geht zu dem Typen hin, schaut ihm tief in die Augen.

„Ich sage es jetzt noch einmal. Ruf Deinen Boss an."

Er guckt auf den Schlagstock und dann wieder zu dem Typen. Keine Reaktion. Ohne auch nur eine Sekunde zu warten, zertrümmert Mister J dessen linke Kniescheibe.

Es knackt und knirscht. Der Gangster schreit und krümmt sich vor Schmerzen. Aber auch den Vier läuft ein kalter Schauer über den Rücken. Die anderen Gangster sitzen völlig unbeeindruckt auf der Couch.

Nach einem kurzen Moment wiederholt Mister J seine Aufforderung. Der Typ macht aber keine Anzeichen, darauf zu reagieren. Mister J geht einen Schritt zur Seite, visiert das andere Knie an.

„Letzte Chance."

Keine Reaktion. Mister J zertrümmert ihm auch das andere Knie. Hannah kann gar nicht richtig hinsehen. Miller und Tom wundern sich, dass dieser Kerl immer noch so stur ist. Er ist mittlerweile von der Couch gefallen. Er liegt dort auf dem Boden und krümmt sich vor Schmerzen.

Mister J bückt sich zu ihm runter.

„Du hast die Wahl. Es geht um meine Nichte. Und ich werde nicht aufhören, bis Du Deinen Boss angerufen hast. Hast Du Familie, Du Dreckskerl? Wie weit würdest Du gehen?"

Der am Boden liegende Gangster sieht ihn mit schmerverzerrtem Gesicht an, murmelt wieder irgendwas auf Russisch.

„Was ist, rufst Du ihn jetzt an?"

Er spuckt Mister J vor die Füße. Der denkt sich nur, das kann doch wohl nicht wahr sein, was muss ich noch machen, damit er nachgibt?

Er gibt Hannah ihren Schlagstock wieder. Sie nimmt ihn etwas zögerlich zurück. Dann zieht Mister J seine Waffe und geht zu dem Gangster zurück.

„Bisher brauchst Du nur zwei neue Kniescheiben. Aber wir werden das jetzt ändern."

Er drückt ihm die Waffe auf den Oberschenkel.

„Wenn Du Glück hast, treffe ich keine Arterie. Wenn Du Pech hast ... ja dann war es das wohl."

Er lädt die Waffe einmal durch, schaut ihn an und wartet.

„Deine Entscheidung."

Hannah, Pete, Tom und Miller sind absolut still. Sie haben die anderen Gangster immer im Blick, wundern sich aber auch über Mister J. Sie hätten nicht gedacht, dass er so weit geht. So haben sie ihn noch nicht kennengelernt. Auf der anderen Seite, was würden sie tun? Was würden sie machen, wenn es um einen Familienangehörigen von ihnen gehen würde? Der Mensch weiß oftmals gar nicht zu was er fähig ist. Die Vier billigen nicht wirklich Mister J's Vorgehensweise, aber was sollen sie machen?

Dieser Mistkerl scheint echt ein harter Hund zu sein. Und wenn es die letzte Möglichkeit ist, dann muss alles getan werden. Wirklich alles.

„Ich zähle jetzt bis drei. Wenn Du dann nicht das Handy in die Hand nimmst und Deinen Boss anrufst, dann ... na ja, Du weißt was dann passiert."

Noch macht er keine Anstalten Mister J's Aufforderung zu folgen, also zählt er ihn an.

„Eins ... zwei ... und ..."

„Okay, okay. Sie haben gewonnen. Ich werde ihn anrufen. Geben Sie mir mein Handy, es liegt da hinten auf dem Schrank."

Pete holt es und reicht es ihm. Er wählt die Nummer und hat seinen Boss dran. Gerade als der Typ was sagen will, reißt Mister J ihm das Handy aus der Hand.

„Wir sitzen hier gerade ganz gemütlich zusammen und haben uns gedacht, wir wollten Sie gern an unserer kleinen Party teilhaben lassen."

„Wer zum Teufel ist da?"

Mister J stellt auf laut. *„Ihr immer wiederkehrender Albtraum."*

„Was? Wer zum Teufel ist da?"

„Hier ist der Mann, den Sie gestern noch in Ihrer Gewalt hatten."

„Sie schon wieder. Was wollen Sie von mir?"

„Ich will etwas tauschen. Nicki gegen 10 Millionen Dollar."

Alle schauen gespannt auf das Handy. Wie wird der Boss reagieren?

„Was für 10 Millionen? Sie bluffen doch nur. Sie haben gar nichts."

„Na dann fragen Sie mal Ihren leicht lädierten Mitarbeiter. Und übrigens, diese Typen sind echt ein Witz. Wenn Sie das nächste Mal Leute abstellen, die auf Ihr Geld aufpassen sollen, dann würde ich etwas fähigere Männer nehmen."

Er hält dem Typen im Wohnzimmer das Handy ans Ohr. Dieser bestätigt seinem Boss alles.

„Sie haben Recht, ich brauche bessere Leute. Aber das bedeutet nicht, dass wir beide ins Geschäft kommen."

„Sie wollen Ihr Geld also nicht wiederhaben? Dann können wir es an bedürftige Menschen spenden?"

„Von mir aus können Sie es auch behalten. Ist mir völlig egal."

Mister J ist überrascht. Miller kommt zu ihm und hält das Handy mit der Hand zu. Er flüstert Mister J was ins Ohr.

„Der Typ blufft doch nur. Sie glauben doch nicht im Ernst, dass der mal eben 10 Millionen in den Wind schießt. Mal ganz abgesehen davon, dass er bestimmt Partner hat, die ihm die Hölle heißmachen werden, wenn er so viel Geld verliert."

Mister J denkt nach. Miller hat Recht.

„Okay, wenn das Ihr letztes Wort ist, dann verabschieden Sie sich von der Kohle. Und schöne Grüße an Ihre Kollegen in Russland, die werden bestimmt begeistert sein."

Er legt direkt danach auf. Hannah und Tom gucken jetzt richtig irritiert. Mister J wollte doch einen Austausch. Geld gegen Nicki. Und was macht er jetzt? Einfach auflegen.

Miller schaut die beiden an. Er sieht ihnen ihre Verwunderung an. *„Wartet ab, was passiert."*

Es vergehen keine zwei Minuten bis das Handy klingelt. Mister geht ran. *„Haben Sie sich anders entschieden?"*

Er hat dieses Mal keinen Lautsprecher an. Er geht mit dem Handy in die Küche.

Die Vier richten weiterhin ihre Waffen auf die Gangster. Sie warten, bis Mister J zurückkommt. Was auch relativ schnell passiert.

„Wir sollten jetzt hier verschwinden. Die Typen werden gleich Besuch bekommen. Ich habe die Cops alarmiert. Also raus hier."

Kommentarlos folgen die Vier Mister J. Draußen an den Autos platzt es aus allen heraus. Sie wollen natürlich wissen, was der Boss gesagt hat und wie es jetzt weitergeht?

Mister J erklärt den Vier, dass er sich auf einen Handel eingelassen hat. Miller hatte Recht. So einfach kann der die viele Kohle nicht aufgeben. Sie haben ein Treffen an der Lagerhalle verabredet, in der die Mädchen festgehalten wurden. Zehn Uhr. Also heute Morgen. Kein langes Warten, jetzt werden Nägel mit Köpfen gemacht.

Zehn Uhr. Da ist nicht mehr viel Zeit irgendetwas vorzubereiten. Deshalb schnappen sich alle schnell die Koffer mit dem Geld und fahren dann nur kurz ins Loft und bereiten sich seelisch auf diese Finale Übergabe vor.

DER LETZTE AKT

Die Fünf sind unterwegs Richtung Cargo Plaza. Sie haben sich wieder auf zwei Fahrzeuge verteilt. Alle sind angespannt und nervös. Sie sind froh, dass in dem Versteck der Menschenhändler alles glatt gelaufen ist. Natürlich wäre ihre Stimmung wesentlich besser, wenn Nicki dort gewesen wäre. Aber jetzt haben sie den Kofferraum voller Geld und ein echtes Druckmittel.

Miller ist besonders erleichtert. Man sieht es ihm zwar nicht an, aber er ist im Loft als erstes im Bad verschwunden und hat einige Male tief durchgeatmet. Sein Alleingang war zwar erfolgreich, aber ihm gingen trotzdem viele Gedanken durch den Kopf, was alles hätte passieren können.

Die anderen Drei haben versucht sich zu sammeln. Noch ein letztes Mal volle Konzentration auf den finalen Showdown. Keiner hat wirklich viel mit den anderen gesprochen. Auch Mister J war eher wortkarg. Er hat einige Telefonate geführt, ohne den anderen aber zu sagen, mit wem er gesprochen hat.

Sie sind gleich an dem Treffpunkt. Jetzt wird sich zeigen, ob der Boss diesmal sein Wort hält oder ob das ganze wieder eine Falle ist.

Die Vier haben keine Verstärkung organisiert. Sie konnten und wollten Don Pedro's Männer nicht schon wieder für ihre Zwecke nutzen. Dieses Mal müssen sie es alleine auf die Reihe kriegen.

Es ist ganz schön viel los an den Lagerhallen. Es ist ein ganz normaler Werktag. Die Lkw und Transporter fahren ihre Waren durch die Gegend und auch sonst ist reges Treiben auf dem Areal. Das sollte nicht unbedingt von Nachteil für die Vier sein. Denn dann kann auch der Gangsterboss keine krummen Sachen machen. Es spricht alles dafür, dass es endlich klappen sollte. Alle sind guter Dinge.

Sie parken die Wagen direkt vor der Lagerhalle. Kein Versteckspiel, kein Abwarten. Sie bleiben in ihren Fahrzeugen sitzen. Keiner sagt ein Wort. Jetzt heißt es, warten bis die Typen kommen. Es ist kurz vor Zehn.

Lange müssen die Fünf nicht warten. Kurz nach ihnen kommt die schwarze Limousine angefahren. Sie hält einige Meter entfernt an. Der Gangsterboss und einer seiner Leute steigen aus. Mister J und die anderen steigen ebenfalls aus ihren Fahrzeugen. Ihre Waffen tragen sie immer noch bei sich. Man weiß ja nie. Den Typen ist alles zuzutrauen.

Mister J geht allein auf den Boss zu.

Der kommt ihm einige Schritte entgegen.

„So schnell sieht man sich wieder."

„Es wäre mir lieber gewesen, wenn wir das hätten vermeiden können, aber sie haben da jemanden, der mir wichtig ist. Also, wo ist Nicki?"

„Immer eins nach dem anderen. Sie zeigen mir erst mal das Geld, mein Mitarbeiter wird prüfen, ob alles da ist und sie keinen Sender versteckt haben, und dann bekommen Sie das Mädchen."

„Bevor Sie das Geld sehen, will ich sie zumindest sehen. Ich muss wissen, dass sie wirklich da ist und dass es ihr gut geht."

Der Gangsterboss dreht sich um, nickt kurz und es öffnet sich eine Tür der Limousine. Ein weiterer Mitarbeiter steigt aus. Ihm folgt Nicki. Sie ist es wirklich. Und sie sieht unversehrt aus. Zumindest körperlich. Wie es ihr seelisch geht, das ist eine ganz andere Sache. Sie wird am Arm festgehalten, damit sie nicht weglaufen kann.

„Nicki, es wird alles gut. Mach Dir keine Sorgen, Du wirst in wenigen Minuten frei sein."

Der Boss gibt das Zeichen, dass Nicki wieder zurück ins Auto soll. Der andere Mitarbeiter geht auf Mister J zu.

„Zeigen Sie ihm jetzt das Geld."

Pete macht schon mal den Kofferraum auf. Mister J begleitet den Mann dorthin. Der prüft das Geld und durchsucht die Koffer. Nach einer Weile dreht er sich zu seinem Boss um und signalisiert ihm, dass alles in Ordnung sei.

„Okay, scheint ja alles bestens zu sein. Dann sagen Sie Ihren Leuten, dass sie mir die Koffer bringen sollen, dann können sie Nicki mitnehmen."

Die Vier haben das gehört und warten gar nicht auf die Anweisung von Mister J. Sie schnappen sich jeder einen Koffer und folgen dem anderen Typen. Keiner achtet in der ganzen Zeit auf das Umfeld. Niemand hat einen Blick für das normale Geschehen in dieser Gegend. Alle sind voll fokussiert.

Mister J geht mit, um Nicki in Empfang zu nehmen. Als die Koffer die Limousine erreichen, holt der Boss persönlich Nicki aus dem Wagen. Er hält sie solange fest, bist die Koffer mit dem Geld in den Kofferraum gelegt wurden. Erst dann lässt er Nicki gehen. Sie rennt los. Direkt in die Arme ihres Onkels. Die Vier gehen jetzt zügig zurück zu ihren Fahrzeugen.

„Gut gespielt." Ruft der Gangsterboss ihnen hinterher während er einsteigt.

„Das Spiel ist noch nicht zu Ende." Flüstert Mister J während er Nicki im Arm hält. Die schaut ihn überrascht an. Was hat er denn jetzt noch vor? Es ist doch alles reibungslos gelaufen, er hat Nicki zurück.

Aber Mister J will mehr. Er will Vergeltung für das, was diese miesen Typen Nicki und ihm angetan haben. Er will Vergeltung für all die anderen Mädchen, die verschleppt wurden. Für die, die er mit seiner Crew nicht retten konnte.

Plötzlich heulen Sirenen auf. Polizeiwagen rasen auf die Lagerhalle zu. Dahinter einige Zivilfahrzeuge des FBI. Sie umstellen die Limousine der Gangster. Die Cops umzingeln das Fahrzeug und fordern die Insassen auf, mit erhobenen Händen aus dem Wagen zu kommen.

Mister J sagt den anderen, dass sie in die Autos steigen sollen und Nicki in das Loft bringen sollen. Er würde später nachkommen.

Im ersten Moment überrascht, aber nach ein paar Sekunden auch doch nicht mehr, folgen Sie der Bitte von Mister J. Sie schnappen sich Nicki und fahren davon.

„Drehen Sie sich zum Wagen, legen Sie Hände aufs Dach und spreizen sie die Beine."

Ruft einer der Cops den Gangstern zu.

Die Cops scheinen alles im Griff zu haben. Es kommt keinerlei Gegenwehr der Gangster. Zu viele Polizisten und FBI Agents sind anwesend. Sodass der Boss und seine Männer den Anweisungen Folge leisten und die Cops ohne Schwierigkeiten deren Waffen einsammeln können. Die Handschellen klicken.

Mister J geht zu den FBI Agenten. Hannah dreht sich noch einmal um, während sie davonfahren und sieht nur, wie Mister J einem Agenten die Hand reicht und ihm dann ein Handy übergibt.

Na klar. Jetzt weiß sie auch mit wem er vorhin im Loft telefoniert hat. Mister J und seine Kontakte. Es hätte sie und die anderen auch sehr verwundert, wenn er nicht noch ein Ass im Ärmel gehabt hätte.

Hannah lächelt zufrieden und nimmt Nickis Hand.

„Du bist jetzt endgültig in Sicherheit. Du brauchst keine Angst mehr zu haben."

Nicki lächelt etwas gequält, hat aber vollstes Vertrauen in die Vier. Sie weiß schließlich, was die alles riskiert haben, um sie und die anderen Mädchen zu befreien.

Mister J spricht in der Zwischenzeit mit seinem Kontakt vom FBI. Auf dem Handy, dass er ihm gegeben hat, sind sämtliche Kontakte im In- und Ausland abgespeichert.

Teilweise sogar mit Übergabeadressen, Kontonummern und sonstigen relevanten Dingen.

Es ist das Handy von dem Typen aus dem Haus. Damit hatte wohl niemand gerechnet, dass die so dumm sind und diese ganzen Informationen auf dem Smartphone speichern.

Während der Gangsterboss abgeführt und sein Geld konfisziert wird, grinst Mister J genüsslich.

„Sie werden so schnell keine Mädchen mehr entführen, da können Sie Gift drauf nehmen."

Mister J ist glücklich. Genauso hatte er sich das vorgestellt. Am liebsten hätte das natürlich alles schon viel früher passieren sollen, aber manchmal sind die Dinge nicht so einfach zu regeln. Und ohne sein Team hätte er das sowieso nicht geschafft. Das wird ihm gerade wieder schlagartig bewusst.

Er muss auch jetzt natürlich wieder mit den Beamten mitfahren. Seine Aussagen und Beweise sind entscheidend für die Haftstrafe, die den Menschenhändlern blüht. Und die wird nicht gerade gering ausfallen. Am besten, diese Mistkerle kommen nie wieder raus.

Allerdings ist sich Mister J auch bewusst, dass dieser Erfolg nur ein Tropfen auf dem heißen Stein ist. Die nächsten Gangster stehen wahrscheinlich schon bereit.

Aber durch die ganzen Infos auf dem Handy können die Behörden vielleicht noch einiges mehr erreichen.

Hannah, Nicki und die Jungs sind wieder im Loft angekommen. Nicki bewundert diese tolle Umgebung. Sie ist seltsamerweise gar nicht verstört oder in irgendeiner Art und Weise angeschlagen. Sie scheint das alles prima weggesteckt zu haben.

Hannah bietet ihr etwas zu Essen und zu Trinken an, aber sie möchte nichts. Sie setzt sich einfach auf die Couch und genießt die umwerfende Aussicht. Alles scheint perfekt. Nicki ist wieder da. Die Gangster sind verhaftet und allen geht es den Umständen entsprechend gut.

Miller und Tom stehen in der Küche und wundern sich. Sie wundern sich, dass Nicki das alles so gut weggesteckt hat. Sie ist erst 15 Jahre alt. Normal ist das nicht. Miller denkt, dass sie nur eine Hülle um sich aufgebaut hat. Wenn sie das Ganze verarbeiten will, dann wird sie wahrscheinlich professionelle Hilfe benötigen. Der Meinung ist Tom auch.

Aufgrund der ganzen Geschehnisse der letzten Tage könnten sogar die Vier professionelle Hilfe brauchen. Aber wahrscheinlich werden sie es so machen, wie sie es beim letzten Fall auch gemacht haben. Sie werden sich zusammensetzen und noch einmal über alles sprechen.

Dieses Mal dann sogar mit Mister J. Eine komplett neue Situation wartet auf die Vier.

Mister J hat seine Aussagen gemacht und kann das FBI wieder verlassen. Er fährt direkt zum Loft. Auf dem Weg dorthin hat er Nickis Eltern informiert, dass sie in Sicherheit ist. Das hatte er in dem ganzen Trubel völlig vergessen. Sieht ihm gar nicht ähnlich. Nickis Eltern sind natürlich extrem erleichtert und setzen sich sofort in den Flieger, um ihre Tochter abzuholen.

Im Loft ist die Stimmung gut. Sie ist nicht euphorisch, aber sie ist gut. Für ausgelassene Freudenszenen sind alle zu kaputt. Jeder braucht jetzt erst mal Schlaf und eine Menge Erholung. Die letzten Tage und Nächte haben doch sehr an allen gezehrt.

Pete sitzt mal wieder vor seinem Rechner. Er ist der Einzige, der daran denkt, dass sie immer noch nicht nachgesehen haben, wer hinter Mister J, beziehungsweise hinter Dan Jennings steckt. Will denn von den anderen keiner wissen, wer dieser Kerl im wahren Leben ist? Anscheinend nicht. Vielleicht ist es für die anderen gut so wie es ist. Möglicherweise wollen sie gar nicht mehr wissen. Auch Hannah scheint damit zufrieden zu sein. Immerhin wissen jetzt alle, wie er aussieht. Sie haben ein Gesicht zu der Stimme.

Pete kann sich nicht entscheiden. Wie oft saß er in den letzten Tagen schon vor dem Rechner und es fehlte nur noch ein Tastendruck und er hätte alle wichtigen Hintergrundinformationen gehabt?

Und warum hat er die Taste nicht gedrückt? Bisher kam immer etwas dazwischen. Im Moment sind alle anderen mit sich selbst beschäftigt. Der Fall ist abgeschlossen, also warum nicht diese verdammte Taste drücken?

Pete starrt auf seinen Rechner. Er ist hin und her gerissen. Er denkt nach. *Das kann doch nicht so schwer sein. Drück doch einfach diese dämliche Taste. Du willst es doch wissen.*

Er schaut zu den anderen. Hannah sitzt neben Nicki auf der Couch. Miller und Tom stehen immer noch in der Küche und lassen alles noch mal Revue passieren. Keiner beachtet ihn. Jetzt ist die Chance. Auch wenn die anderen es gar nicht wissen wollen, er könnte es ja für sich behalten. Genau in dem Moment springt die Tür vom Loft auf und Mister J kommt herein. Nicki sieht ihn, springt auf und rennt zu ihm hin. Sie fallen sich beide in die Arme. Sie weiß, was sie speziell ihm zu verdanken hat.

Hannah ist auch aufgesprungen. Am liebsten würde sie dazu kommen. Eine Gruppenumarmung wäre jetzt schön.

Aber so gut kennt sie Mister J ja nun auch nicht. Deshalb bleibt sie lieber stehen und freut sich für die beiden. Alle anderen ebenfalls. Ein herzzerreißendes Bild. Aber genauso sollte es ja schließlich auch enden.

Mister J steht dort, Nicki fest im Arm, und wendet sich an die Vier.

„Jetzt kann ich Ihnen endlich mal von Angesicht zu Angesicht meinen Dank aussprechen. Bisher habe ja nur ich Sie alle sehen können. Sie mussten sich mit meiner Stimme zufriedengeben."

„Meinen herzlichsten Dank Ihnen allen. Sie haben in diesem nervenaufreibenden Fall echte Stärke und Größe bewiesen. Sie haben sich nicht einschüchtern oder vertreiben lassen. Trotz persönlicher Schmerzen, die Sie Hannah und Sie Tom erleiden mussten, sind Sie wieder aufgestanden und haben mich und schließlich auch Nicki befreit."

„Sie können sich gar nicht vorstellen, was mir das bedeutet."

Hannah hat Tränen in den Augen. Mister J so live vor sich zu sehen, wie er dort Nicki im Arm hält und diese ergreifenden Worte findet, beeindruckt sie schon. Die Jungs versuchen stark zu bleiben, mussten aber dann auch das eine oder andere Mal schlucken.

„*Nickis Eltern sind bereits auf dem Weg hierhin. Wir werden sie nachher am Flughafen treffen. Wenn Sie alle mitkommen wollen, können Sie das gerne tun.*"

Hannah ergreift schnell das Wort.

„*Das ist sehr nett von Ihnen. Ich denke und ich glaube da spreche ich im Namen von uns allen, diesen Augenblick des Wiedersehens sollten Sie als Familie ganz allein für sich haben.*"

„*Richten Sie Nickis Eltern die besten Grüße von uns aus.*"

Die anderen nicken. Das scheint der beste Weg zu sein.

„*Liebe Freunde, dann soll es so sein. Dann machen wir uns jetzt auf den Weg und wir sehen oder hören uns später wieder.*"

„*Ruhen Sie sich alle jetzt erst mal aus. Sie haben sich Schlaf und Erholung verdient.*"

Mister J geht zu Miller und Tom. Er reicht ihnen die Hand zur Verabschiedung, aber auch noch mal als Dank für deren persönlichen Einsatz. Dasselbe macht er auch mit Pete. Als er vor Hannah steht und ihr ebenfalls die Hand reichen will, reagiert sie ganz typisch.

„*Ach, was soll's. Kommen Sie her Mister J.*"

Sie nimmt ihn schwungvoll in den Arm. Er erwidert ihre Umarmung natürlich gern. Nicki schließt sich an. Auch sie bedankt sich noch einmal bei allen. Sie nimmt jeden in den Arm und strahlt über das ganze Gesicht.

Mister J und Nicki verlassen das Loft und machen sich auf zum Flughafen. Tom verabschiedet sich auch. Er will endlich nach Hause. Endlich zu Kim. Er hat sie seit Tagen nicht gesehen.

Pete schaut zu Hannah und Miller.

„Ihr könnt auch ruhig gehen. Ich bleibe noch ein wenig hier und räume meinen Computer auf."

Miller will ihn aber nicht alleine lassen.

„Komm doch mit uns mit. Lass uns noch irgendwo hingehen."

„Nein. Wir treffen uns ja bestimmt die nächsten Tage. Ich brauche jetzt erst mal meine Ruhe."

„Okay, wie Du willst. Dann mach es gut."

„Du auch."

Hannah geht zu Pete und umarmt ihn ebenfalls.

„Wenn Du schon einmal im Umarmmodus bist, dann kannst Du bei mir gerne weitermachen."

Miller grinst und streckt seine Arme weit aus, während er das zu Hannah sagt.

Hannah lächelt nur und geht auf ihn zu. Sie bleibt aber kurz vorher stehen.

„Ich mache Dir einen anderen Vorschlag. Ich lade Dich zum verspäteten Frühstück, sie schaut auf die Uhr, *oder zum Mittagessen ein. Du hast es Dir verdient. Und außerdem war ich nicht immer so nett zu Dir in der letzten Zeit. Was hältst Du davon?"*

Miller kann sein Glück noch gar nicht fassen. Damit hätte er jetzt am allerwenigsten gerechnet. Eigentlich wäre jetzt wieder irgendein Spruch von Hannah gekommen, aber dass das jetzt so läuft, umso besser.

„Das Angebot nehme ich gern an."

Hannah wendet sich noch einmal an Pete.

„Das Angebot gilt auch an Dich. Willst Du nicht doch lieber mit uns mitkommen?"

Pete schmunzelt.

„Nein danke. Geht Ihr zwei Turteltauben mal schön alleine. Ich denke Ihr habt viel zu bereden."

„Was heißt hier Turteltauben? Das ist alles rein geschäftlich, stimmt's Miller?"

„Alles was Du sagst. Du bist der Boss."

"Du zahlst das Essen. Ich fahre. Einverstanden?"

"Klingt gut."

Hannah und Miller fahren mit dem Aufzug direkt in die Tiefgarage. Hannah brennt noch etwas unter den Nägeln.

"Was hast Du eigentlich Don Pedro versprochen, damit er Dir seine Männer zur Verfügung stellt?"

Miller grinst.

"Das würdest Du jetzt wohl gerne wissen was?"

"Komm schon. Mir kannst Du es doch erzählen."

"Ich habe einige Kontakte zu namhaften Pokerprofis. Und ich habe dem Don versprochen, dass ich für ihn eine hochkarätige High Stakes Cash Game Runde organisieren werden. Mehr war gar nicht nötig."

Hannah schüttelt den Kopf.

"Ihr und Eure Pokerpartien. Ich werde nie verstehen, wie man da so viel Spaß dran haben kann."

"Ich kann Dir gern mal zeigen, wie komplex und spannend dieses Spiel sein kann."

Der Aufzug ist in der Tiefgarage angekommen. Sie gehen zu einem Wagen und fahren zum verabredeten Essen.

Pete ist nun wirklich ganz alleine im Loft. Vorhin fühlte er sich schon so. Jetzt ist er es tatsächlich. Er könnte jetzt also ganz in Ruhe hinter die Fassade von Mister J schauen. Als plötzlich sein Handy klingelt. Eine SMS. Er öffnet sie und liest eine Nachricht von Mister J.

BEVOR SIE DIE TASTE DRÜCKEN SOLLTEN WIR UNS UNTERHALTEN!

HEUTE MACHMITTAG 16:00 UHR LITTLE COLLINS IN MANHATTAN!

Pete wundert sich. Woher weiß Mister J, dass er gerade die Taste drücken wollte? Als ihm schlagartig bewusst wird, dass er natürlich immer noch Zugriff auf die ganzen Kameras im Loft hat.

Aber was will Mister J jetzt schon wieder von ihm? Warum diese Heimlichtuerei? Und warum gerade immer er? Zu Beginn dieses Falles und jetzt auch schon wieder? Was hat das alles zu bedeuten?

Er wird es nur erfahren, wenn er sich dort mit ihm trifft. Das heißt, es drückt die Taste jetzt noch nicht und wartet erst mal ab, was Mister J von ihm will.

DAS GESPRÄCH

Pete ist nervös. Er ist pünktlich am vereinbarten Ort. Er hat sich den Kopf darüber zerbrochen, was Mister J ausgerechnet von ihm will? Er hat aber keine Antwort gefunden.

Er geht in das Café, sucht Mister J und findet ihn in einer der hinteren Ecken. Mister J steht auf, begrüßt Pete per Handschlag und bittet ihn sich zu setzen.

„Sie werden sich bestimmt fragen, warum ich Sie gebeten habe, hier her zu kommen?"

Pete nickt nur kurz. Es schießen ihm gerade alle möglichen Dinge durch den Kopf. Deshalb kann er keinen richtig klaren Gedanken fassen. Er stottert leise vor sich hin.

„Wie geht es Nicki? Haben Sie sie ihren Eltern übergeben?"

Während er das fragt, merkt er, wie dämlich diese Frage ist. Natürlich hat er sie ihren Eltern übergeben. Was auch sonst?

„Ach, streichen Sie diese Frage. Die war bescheuert. Also, warum bin ich hier?"

Mister J winkt der Bedienung zu.

„Was möchten Sie trinken? Kaffee, Tee oder etwas anderes?"

Pete schaut zu der Bedienung hoch.

„Ich hätte gern einen Milchkaffee."

„Für mich auch einen. Vielen Dank."

Sekunden des Schweigens liegen in der Luft. Es ist zwar relativ laut in diesem Café, aber Pete hat das Gefühl, als seien nur er und Mister J dort. Er blendet alles um sich herum aus. Es kommt ihm vor wie eine Ewigkeit, bis Mister J weiterredet.

„Sie haben sich ja schon vor einiger Zeit in die Datenbank Ihrer Universität gehackt."

Pete ist wiedermal überrascht. Woher weiß er das? Das war doch noch vor der Vereinigung der Vier.

„Sie haben immer wieder versucht herauszufinden, woher das Geld für Ihre Unigebühren kommt. Sie sind aber nicht wirklich weitergekommen, ist das soweit richtig?"

Pete schmunzelt.

„Anscheinend gibt es ja nichts, was Sie nicht wissen, Mister J."

„Oh, es gibt eine Menge Dinge über die ich nichts weiß. Aber das, was mir wichtig ist, darüber informiere ich mich."

Pete's Gedanken sind die reinste Achterbahn. Was will Mister J ihm jetzt damit schon wieder sagen? Das er ihm wichtig ist? Das ist ja schön und gut, aber das sind die anderen Drei ihm ja wahrscheinlich auch.

„Ich will auch gar nicht lange um den heißen Brei herumreden. Deshalb komme ich jetzt zum Kern der Sache."

„Sie wissen ja, dass Ihre Eltern nicht Ihre leiblichen Eltern sind. Sie sind, als Sie zwei Jahre alt waren, adoptiert worden."

Pete wundert mittlerweile gar nichts mehr. Na klar weiß Mister J auch das. Wahrscheinlich gibt es nichts, was er nicht weiß über die Vier.

„Das ist richtig. Aber für mich gibt es da keinen Unterschied. Es sind meine Eltern. Sie haben es mir erzählt als ich 18 Jahre alt war. Es spielt für mich aber keine Rolle."

Mister J freut sich. Es scheint ihn zu beruhigen, dass Pete so denkt.

„Trotzdem haben Sie versucht auf dem Uniserver herauszufinden, wer Ihre Unigebühren bezahlt."

"In der Hoffnung, dass Sie einen Hinweis darauf bekommen, wer Ihre leiblichen Eltern sind. Stimmt das soweit?

"Ja, das stimmt. Ist doch auch nachvollziehbar, oder?"

"Auf jeden Fall. Das ist auch der Grund, warum wir heute hier zusammensitzen."

Pete setzt sich etwas gerader hin.

"Da Sie ja so ziemlich alles wissen, wissen Sie bestimmt auch wer meine leiblichen Eltern sind?"

In dem Moment platzt die Kellnerin in das Gespräch.

"So, zweimal Milchkaffee. Bitte schön. Wenn Sie noch weitere Wünsche haben, sagen Sie mir gern Bescheid."

Pete und Mister J nehmen den Milchkaffee dankend entgegen, haben aber gerade wichtigeres zu klären. Mister J schaut Pete ernst an.

"Ja Pete. Ich weiß wer Ihre Eltern sind."

Jetzt ist er doch ein wenig überrascht.

"Na dann mal raus mit der Sprache. Ich bin schon seit Jahren auf der Suche. Aber alles war so gut verschlüsselt, sodass sogar ich keine Informationen herausfinden konnte."

"Das stimmt. Das war so beabsichtigt. Und deshalb wollte ich auch, dass Sie es nicht über den Computer erfahren."

"Tatsache ist, dass Sie im Alter von zwei Jahren adoptiert wurden. Auch Ihre jetzigen Eltern wussten nichts über die Hintergründe, warum Sie zur Adoption freigegeben wurden. Sie waren einfach nur froh, Sie zu bekommen, da sie selbst keine Kinder kriegen konnten."

Mister J macht eine längere Pause. Sein Gesichtsausdruck verändert sich.

"Ihre Mutter, und das ist jetzt wahrlich nicht leicht, ist bei Ihrer Geburt gestorben."

Pete ist geschockt. Damit hätte er jetzt nicht gerechnet. Das war nicht die Information, die er gern erhalten wollte.

"Ihr Vater war zu der damaligen Zeit mit der ganzen Situation völlig überfordert. Der Tod Ihrer Mutter, die Geburt und seine eigenen Probleme zwangen ihn dazu, Sie zur Adoption freizugeben."

"Er wollte Ihnen ein besseres Leben ermöglichen, als Sie das wahrscheinlich bei ihm gehabt hätten."

Pete ist immer noch fassungslos. Er kämpft mit sich.

Mit seiner Wut, seiner Enttäuschung und auch seinem Zorn.

Mister J spürt das natürlich. Er versucht, behutsam ihm die Situation zu erklären.

„Und Pete, eines kann ich Ihnen auf jeden Fall bestätigen. Es war die richtige Entscheidung."

„Schauen Sie sich an, was aus Ihnen geworden ist. Das ist einzig und allein Ihren jetzigen Eltern zu verdanken. Mit Ihrem Vater wäre das damals wahrscheinlich eher schiefgelaufen."

Pete versucht die Fassung zu bewahren.

„Woher wissen Sie überhaupt so viel über meine leiblichen Eltern? Und warum erzählen Sie mir das heute alles?"

Während Pete diese Fragen stellt, wird ihm bewusst, dass es nur einen Grund dafür geben kann. Warum sollte er die Taste auf dem Computer nicht drücken? Was hätte er dann über die Identität von Mister J erfahren? Und wieso sitzen sie jetzt hier in diesem Café zusammen?

Er fasst seinen ganzen Mut zusammen.

„Heißt das, dass Sie ..."

„Ja, das heißt es, Pete."

Keiner spricht es aus, aber Pete wird schlagartig klar, dass Mister J anscheinend sein leiblicher Vater ist. Aber wie soll er jetzt damit umgehen? Sie sitzen sich dort gegenüber, Mister J hat die Katze aus dem Sack gelassen und Pete? Was soll er jetzt dazu sagen? Wie soll er damit umgehen?

Mister J bricht als erster das Schweigen.

„Ich verstehe vollkommen, dass Du jetzt völlig überrumpelt bist und wahrscheinlich viele Fragen hast. Wenn Du möchtest, stehe ich Dir hier und jetzt Rede und Antwort. Wenn Du aber erst mal Zeit für Dich brauchst, dann kann ich das auch nachvollziehen."

Pete steht auf, schaut Mister J an, dreht sich langsam um und geht weg. Nach zwei Metern kommt er jedoch wieder zurück.

„Etwas überrumpelt? Viele Fragen? Das ist ja wohl leicht untertrieben! Ich muss das alles erst mal verarbeiten."

Er geht. Er verlässt das Café, ohne ein weiteres Wort, ohne einen weiteren Blick.

Mister J sitzt dort und blickt Pete verzweifelt hinterher. Ihm war im Vorfeld bewusst, dass es nicht leicht wird, Pete diese Sachen zu sagen und dass seine Reaktion so oder so ausfallen könnte.

Aber insgeheim hatte er sich doch erhofft, dass Pete anders darauf reagieren würde.

Jetzt bleibt ihm nichts anderes übrig, als abzuwarten und zu hoffen, dass Pete auf ihn zukommt. Zu hoffen, dass er eine Möglichkeit bekommt, ihm alles in Ruhe erklären zu können. Die damalige Situation aus seiner Sicht zu schildern. In der Hoffnung, dass Pete sein Handeln verstehen wird.

Denn Pete ist Mister J wichtig. Er hat ihn die ganzen Jahre begleitet, ohne dass Pete etwas davon wusste. Er war immer in seiner Nähe, hat sich aber nie getraut, aus dem Schatten hervorzutreten.

Wie wird Pete auf diese lebensverändernden Informationen reagieren?

Und was wird aus den Vier? Werden sie weiterhin als Team zusammenarbeiten? Sollen die anderen diese sehr persönlichen Informationen erhalten? Was wird sich dadurch ändern? Und will Pete überhaupt noch für oder mit Mister J zusammenarbeiten?

Denn eines ist sicher. Der nächste Fall für lässt nicht lange auf sich warten...